文庫 SF
29〉

宇宙への序曲
〔新訳版〕

アーサー・C・クラーク
中村　融訳

早川書房
7633

PRELUDE TO SPACE

by

Arthur C. Clarke

1951

英国惑星間協会の
友人たちに――
彼らはこの夢を共有し、
その実現に力を貸したのである。

宇宙への序曲〔新訳版〕

第一部

きらめく金属の軌道が、矢のようにまっすぐに、砂漠の表面を五マイルにわたって伸びていた。それは大陸のどまんなかを越えて北西へ、その彼方に広がる大海原のほうをさしていた。かつてはアボリジニの故郷だったこの土地から、この一世代というもの、数多くの異形のものが轟音をあげて舞いあがっていった。そのうちで最大にして、もっとも風変わりなものが、打ち上げ軌道の先端に横たわり、空へ投げ飛ばされるのを待っていた。

低い丘と丘とにはさまれたこの谷間の砂漠から、ひとつの小さな町が出現していた。それはひとつの目的のために築かれた町だった――全長五マイルにおよぶ軌道の端にある燃料貯蔵タンクや発電所に体現される目的である。世界じゅうの国から科学者とエンジニアがここに集まっていた。そして史上初の宇宙船〈プロメテウス〉は、過去三年にわたり、ここで組み立てられてきたのだった。

伝説のプロメテウスは、天界から地上へ火をもたらした。二十世紀のプロメテウスは、原子の火を神々の住み処へ持ち帰り、百万年のあいだみずからの世界に縛りつけられていた人間が、ついにその鎖を自力で断ち切ったことを証明する手はずになっていた。

その宇宙船に名前をつけたのが何者か、だれも知らないようだった。じつをいうと、それは一隻の船ではまったくなく、ふたつの独立した飛行体から成っていた。味も素っ気もないことに、設計者たちはふたつの部分を〈アルファ〉と〈ベータ〉と命名していた。上方の部分、すなわち〈アルファ〉だけが純然たるロケットだった。〈ベータ〉のほうは、正式名称をあたえるなら、〝超音速アソダイド〟ということになる。たいていの人は、ふつう原子力ラムジェットと呼んでおり、そのほうが簡単だし、実態もよく表していた。

第二次世界大戦の飛行爆弾から、時速数千マイルで大気圏の最上層をかすめ飛ぶ二百トンの〈ベータ〉までは長い道のりだった。それでも、両者は同じ原理に基づいているのだ――前進速度を利用して空気を圧縮し、噴射するのである。主なちがいは燃料にある。飛行爆弾のV1号はガソリンを燃やした。〈ベータ〉はプルトニウムを燃やす。したがって、その航続距離は実質的に無制限だ。大気圏上層の希薄なガスを、その空気とり入れ口が集めて圧縮できるかぎり、灼熱した原子炉がそれをジェット・エンジンから噴出するだろう。ついには空気が薄くなりすぎて、動力を得られなくなり、機体もささえられなくなってはじめて、燃料タンクからメタンを原子炉に注入し、かくして純然たるロケットになるのだ。

〈ベータ〉は大気圏を離れられるが、地球から完全に脱出することはできない。その任務にはふたつの面がある。まずは、燃料タンクをいくつも地球周回軌道へ運びあげ、タンクが必要になるまで、ちっぽけな月のように公転させなければならない。これが終わると、ようやく〈アルファ〉を宇宙空間へ持ちあげる。小さいほうの船は、そのとき待機していたタンクから自由軌道上で燃料を補給し、エンジンに点火して地球を離脱し、月への旅をはじめるのだ。

その宇宙船がもどって来るまで、〈ベータ〉は辛抱強く地球をめぐりながら待つだろう。五十万マイルの旅を終えた〈アルファ〉には、並行軌道へはいる操船をするための燃料がかろうじて残っているだけだろう。そのとき乗組員《クルー》と機材は待機していた〈ベータ〉に移されるだろう。こちらは彼らを無事に地球へ送りかえすだけの燃料を、まだたっぷりと積んでいるのだ。

手のこんだ計画だが、たとえ原子力エネルギーがあっても、重量数千トンをくだらないロケットに月まで往復旅行をさせる実用的な方法は、いまなおこれしかないのだ。そのうえ、ほかにも多くの利点がある。万能型の単一の船には望めないほどの効率で、〈アルファ〉と〈ベータ〉はそれぞれの仕事を果たすよう設計できるのだ。地球の大気圏をぬけて、空気のない月に着陸する能力をひとつの機体が兼ねそなえるのは、とうてい無理な相談だった。

つぎの旅に出るときが来れば、〈アルファ〉は依然として地球をめぐっており、宇宙空間で燃料補給し、再使用されるだろう。あとの旅は、最初の旅ほど困難ではなくなるだろう。じきにもっと効率のいいエンジンが発明され、さらにのち、月植民地が築かれたころには、月面に燃料補給ステーションができているだろう。そのあとことは簡単になり、宇宙飛行は商業ベースに乗るだろう——もっとも、そうなるのは、まだ五十年以上も先の話だろうが。

ともあれ、〈プロメテウス〉、別名〈アルファ〉と〈ベータ〉は、オーストラリアの太陽のもと、燦然と輝きながらまだ横たわっており、いっぽう技術者たちは整備に余念がない。最後の備品類がとりつけられ、テストされる。運命の瞬間が、刻一刻と近づいている。万事が順調なら、宇宙船はあと数週間のうちに、人類の希望と不安を載せて、空の彼方に寂寞と広がる深淵へ飛びこむことになるのだった。

1

ダーク・アレクスンは読みさしの本を放りだすと、短い階段を登って、展望デッキまであがった。まだ早すぎて陸地は見えないが、旅の終わりが近づいてきて、そわそわするあまり、集中できなくなったのだ。巨大な翼の前縁にはめこまれた、狭い彎曲した窓まで歩み寄り、眼下に広がる単調な海原を見おろした。

見るべきものは、みごとなまでになかった。この高さからだと、大西洋で猛威をふるう嵐も目に見えないのだ。下界に広がる茫漠とした灰色にしばらく目をこらし、やがて乗客用のレーダー・ディスプレイまで足を運んだ。

スクリーン上を回転する光の条《すじ》が、有効範囲ギリギリのところに、最初のぼんやりした反射波《エコー》を描きはじめていた。十マイル下界、二百マイル離れた前方に陸地があるのだ――ダークは見たことがないけれど、ときには生まれた国よりも現実感のある土地が。その隠れている岸辺から、過去四百年にわたり、彼の祖先が自由なり幸運なりを求めて、新世界めざして旅立ってきた。いま彼はそこへ帰ろうとしている。祖先が何週間もかけて渡った海原を三時間足らずで越えて。そして、彼らがどんなに想像をたくましくしても、夢にも思わなかったような任務を帯びてやって来たのだ。

煌々と輝くランズ・エンドの画像が、レーダー・スクリーンのなかばまで移動したころ、迫り来る海岸線がはじめてちらりと見えた。黒っぽいしみが、水平線にかかる霧にいまにもまぎれそうだ。方向の変化は感じなかったけれど、旅客機がいまや四百マイル離れたロンドン空港までつづく長い坂をくだっているにちがいないとわかった。あと数分で周囲の空気が濃くなり、巨大なジェット・エンジンの奏でる音楽がふたたび耳に届くようになれば、かすかだが、かぎりなく心強いエンジンの爆音が、いまいちど聞こえてくるだろう。

コーンウォールは灰色のにじみであり、あっというまに後方へ退いたので、細かいところは見えなかった。それにもかかわらず、マルク王がまだ無慈悲な岩の上で、イゾルデを乗せた船を待っており、いっぽうマーリンが丘の上で風と語らい、みずからの命運に思いをめぐらせているのがわかるような気がした。この高さからだと、ティンタジェル城の壁に石工が最後の石を置いたときと、地上は変わらない姿に見えるだろう。

いまや旅客機は、あまりにも純白で、目が痛くなるほどまぶしい雲海へ向かって降下していた。最初はわずかな起伏がところどころにあるだけに思えたが、じきにそれがせりあがって来るにつれ、眼下の雲の峰々はヒマラヤなみの高さでそびえているのだとわかってきた。一瞬後、山頂が頭上にあり、旅客機は、張りだした雪の壁にはさまれた巨大な峠を通過していた。白い絶壁がぐんぐん迫ってきたとき、ダークは思わずひるんだが、流れる霧に四方を囲まれ、もうなにも見えなくなると、緊張がほぐれた。

雲の層はとても厚かったにちがいない。というのも、ロンドンがちらっと見えた直後に、ほとんどそれとわからないような軽い着陸の衝撃があったからだ。ついで外界の物音が、わっと心に押し寄せてきた——ラウドスピーカーの金属的な声、ガチャンとハッチの開く音、それらすべてにかぶさって、巨大なタービンが空転して止まるときの消え入りそうな高音。

濡れたコンクリート、待機しているトラック、頭上に垂れこめた灰色の雲が、ロマンスや冒険の気分を跡形もなく吹きはらった。霧雨が降っていて、ばかばかしいほどちっぽけなトラクターに引かれていくあいだ、巨大な旅客機は光沢のある横腹のせいで、大空の生き物というよりは深海の生き物に思えた。水が翼を流れ落ちるにつれ、ジェット・エンジンのハウジングの上に湯気がゆらゆらと立ちのぼっていた。

大いにほっとしたことに、ダークは税関の仕切りのところで出迎えを受けた。彼の名前が乗客名簿から消されたとたん、ずんぐりした中年の男が、片手をさしだして近寄ってきたのだ。

「アレクスン博士ですか? はじめまして。マシューズと申します。サウスバンクの本部までお連れして、ロンドン滞在中は、わたしがお世話をすることになっています」

「それはありがたい」ダークは破顔した。「マカンドルーズさんのお計らいですね？」

「おっしゃるとおりです。わたしは広報部で彼のアシスタントを務めています。さて——その鞄をお持ちしましょう。地下鉄の特急に乗ります。それがいちばん速くて——いちばん便利なんです。郊外をすっ飛ばして市内へはいれますから。ただし、欠点がひとつ」

「というと？」

マシューズはため息をついた。

「大西洋を無事に渡ってから、地下鉄のなかに姿を消して、二度と現れない訪問者の数を聞けば、きっと驚かれますよ」

このありそうもないニュースを伝えるとき、マシューズはにこりともしなかった。あとでダークにもわかるのだが、マシューズの茶目っ気たっぷりのユーモア・センスは、笑い声をまったくあげられない気性とセットになっているようだった。これほど面食らわせられる組み合わせもないだろう。

「ひとつ腑に落ちないことがあるんですが」赤く塗られた長い列車が空港駅を出発すると同時にマシューズが切りだした。「大勢のアメリカ人科学者がわれわれに会いにきますが、あなたのご専門は、科学ではないんですよね」

「ええ、歴史学者です」

マシューズの眉毛は、声に出したのと同じくらい雄弁に問いを発した。

「ご不審はごもっともです」とダークは言葉をつづけた。「しかし、きわめて論理的なんです。過去において、歴史が作られるとき、それを適切に記録する人間が居合わせることはめったにありませんでした。もちろん、今日では新聞や記録映画があります——しかし、そのときはだれもが当然だと思っていたという単純な理由で、どんな重要な特徴が見過ごされるかは驚くばかりです。さて、あなた方が進めておられるプロジェクトは、史上最大級のものであり、成功すれば、かつてないほど大きく未来を変える出来事となるでしょう。したがって、わたしの大学は、プロの歴史家が立ち会って、見過ごされかねない隙間を埋めるべきだと判断したのです」

マシューズはうなずいた。

「なるほど、それなら筋が通ります。われわれ科学者ではない人間にとっても、いい気分転換になるでしょう。単語のうち四つに三つが数学記号なんていう会話には、いい加減うんざりしているんです。そうはいっても、かなりの技術的素養をお持ちなんでしょう?」

ダークはちょっと居心地が悪くなった。

「じつをいうと」彼は白状した。「科学と名のつくものを学んでから十五年近くたっていて——当時も身を入れていたわけではありませんし。必要なことは泥縄で学ぶしかありません」

「心配はご無用。お疲れ気味の実業家や、右も左もわからない政治家向けの速習コースがありますから、必要なことは全部憶えられます。それにボフィンたちのおしゃべりに耳をかたむけるだけで、どれほどの知識が身につくかわかったら、きっと驚かれますよ」

「ボフィンというと？」

「おやおや、この言葉をご存じないんですか？　戦時中にさかのぼる言葉で、ヴェストのポケットに計算尺をさしている、長髪の科学者タイプっていう意味です。いまのうちに警告しておきますが、ここの仲間内で使われる言葉を憶えてもらうしかありません。われわれの仕事には新しいアイデアや概念が多すぎて、新しい言葉を発明するしかなかったんです。言語学者も連れてこられるべきでしたね！」

ダークは黙りこんだ。自分の仕事の重圧に押しつぶされそうなときがある。つぎの半年のいつかの時点で、半世紀にわたる数千人の仕事がその絶頂をきわめる。地球の裏側にあるオーストラリアの砂漠で歴史が作られているあいだ、その場に居合わせるのは自分の義務であり、特権となるだろう。未来の目を通してその出来事を注視し、数世紀先の人間たちがこの時代の精神をあらためて捉えられるよう、それらを記録しなければならないのだ。

ふたりはニュー・ウォータールー駅で地上へ出て、数百ヤード離れたテームズ川まで歩いた。はじめてロンドンと出会うには、これが最高の方法だといったマシューズの言葉に嘘はなかった。新しいエンバンクメント——できてからまだ二十年しかたっていない——が広々とした美しい姿を見せており、ダークが視線を川下へ向けると、やがて雲の切れ間から射しこむ陽光を浴びて濡れたように輝くセント・ポール大寺院のドームをとらえて、釘づけになった。川上に目を転じると、チャリング・クロスの前の巨大な白い建物を通り過ぎたが、テームズ川の曲がり目に隠れて国会議事堂は見えなかった。

「いい眺めでしょう?」じきにマシューズがいった。「いまは自慢の種です。でも、三十年前、このあたりは埠頭と泥の堤でひどくごちゃごちゃしていました。ところで――あそこのあの船が見えますか?」

「向こう岸にもやわれている船のことですか?」

「ええ、あの船がなにかわかりますか?」

「見当もつきません」

「〈ディスカヴァリー〉号ですよ、今世紀のはじめにスコット船長を南極へ連れていった。出勤の途中、よくあの船を見て、われわれが計画しているささやかな旅のことを、スコット船長はどう思っただろうかと考えるんです」

ダークはその優美な木造の船体を、すらりとしたマストを、でこぼこになった煙突を一心に見つめた。心はのどかだった過去にすべりこみ、エンバンクメントが消え去って、その旧式な船が煙を吐きながら氷の壁のあいだをすりぬけ、未知の土地へはいりこんでいくかと思われた。マシューズの気持ちが理解でき、歴史的につながっているという感覚が、にわかに痛いほど強くなった。スコットを通じてドレークやローリーまで、さらに以前の航海者たちまで伸びている線は、いまだに途切れていない。ものごとのスケールが変わっただけなのだ。

「着きましたよ」誇らしさと申しわけなさのまじり合った口調でマシューズがいった。「見栄えはよくありませんが、これを建てたころ、われわれの資金は潤沢じゃありませんでした。それをいうなら、いまもですが」

川に面した白い三階建ての建物は、飾り気がなく、建てられてまだ数年にしかならないことは一目瞭然だった。周囲は広々とした芝生用の空き地だが、萎《しお》れた草にまばらにおおわれているだけだった。将来の増築を見越してすでに芝は手入れされていないのだろう。草もそのことをわかっているようだった。

にもかかわらず、管理運営ビルとしては、本部は魅力がないわけではなく、川を望む眺めはたしかにすばらしかった。二階にそって文字が一列に並んでいる。建物のほかの部分と同様に輪郭がはっきりしていて、実用一点張りだ。それらはひとつの単語を形作っていたが、それを目にしたダークは、血管が奇妙にムズムズするのを感じた。ここ、数百万人が日常生活の雑事に追われている大都会の中心では、なんとなく場ちがいに思えたのだ。長い旅を終えて対岸にもやわれている〈ディスカヴァリー〉号と同じくらい場ちがいに――そして〈ディスカヴァリー〉号や、ほかのどんな船が成しとげたよりも長い航海について語っていた。その言葉は――

惑星間《インタープラネタリー》。

2

オフィスは狭いうえに、年下の製図技師ふたりと相部屋になる予定だった――しかし、テームズ川を見晴らせたし、報告書やファイルに疲れたときは、ラドゲイト・ヒルの上に浮かんでいるあの巨大なドームに、いつでも目を休めることができた。ときおりマシューズや、その上司が世間話をしに立ち寄ったが、たいていはひとりにしておいてくれた。それが本人の望みだと知っていたからだ。マシューズが用意してくれた数百の報告書や書物に目を通すまでは、なるべくそっとしておいてほしかったのである。

ルネッサンス期イタリアと二十世紀のロンドンでは大ちがいだが、偉大《マグニフィセント》なロレンツォに関する論文を書いたときに編みだしたテクニックが、いま大いに役立った。ダークは重要でないものと、あとでじっくり調べなければならないものとを、ほとんどひと目で見分けられたのだ。数日のうちには記事の概略が固まり、肉づけをはじめられるだろう。

その夢は想像していたよりも古かった。二千年前ギリシア人は、月が地球とあまり変わらない世界だと推測した。二世紀には諷刺家のルキアノスが、史上初の惑星間冒険譚をものした。虚構と現実とのあいだの深淵に橋をかけるには、千七百年以上がかかった——そして進歩のほぼすべては、この五十年になされていた。

近代のはじまりは一九二三年。この年、ヘルマン・オーベルトというトランシルヴァニア生まれの無名の教授が、『惑星間空間へ飛ぶロケット』と題された小冊子を刊行したのである。このなかでオーベルトは、宇宙飛行の数学をはじめて展開した。現存する数冊のうち一冊のページをめくりながら、これほど巨大な上部構造が、これほど小さな端緒から生まれたとはとうてい信じられない、とダークは思った。オーベルト——いまや八十四歳になる老人——が連鎖反応を起こし、彼自身の目が黒いうちに、それが宇宙空間の横断へといたったのだ。

第二次世界大戦に先立つ十年間、オーベルトのドイツ人の弟子たちは、液体燃料ロケットを完成させていた。最初は彼らも宇宙の征服を夢見たのだが、ヒトラーの台頭でその夢は忘れられた。ダークがしょっちゅう見渡している都市には、三十年前、巨大なロケットが空気を切り裂く轟音とともに成層圏から降ってきたときの傷跡が、いまも残っていた。その一年足らずあと、ニューメキシコの砂漠にあの暗鬱な夜明けが訪れた。そのとき〈時の川〉が一瞬流れを止め、つぎの瞬間、泡としぶきを散らして新たな水路へ流れこみ、さま変わりした未知の未来へ向かったように思われる。ヒロシマとともに戦争は終わり、ひとつの時代が終わりを告げた。力と機械がついにひとつになり、宇宙への道がはっきりと前途に開けたのである。

それは険しい道であり、登るのに三十年がかかった――勝利と胸の張り裂けそうな失望から成る三十年。周囲の男たちを知るにつれ、彼らの話や会話に耳をかたむけるうちに、報告書や要約からはけっして得られない個人的な細部を、ダークはすこしずつ埋めていった。

「TV映像はあんまり鮮明じゃなかった。でも、数秒おきに安定したから、一枚いい画が撮れた。生まれてから、あれほどゾクゾクしたことはない――月の裏側を目にする最初の人間になったんだ。じっさいに月へ行ったって、あそこまで感激はしないだろうな」

「――あんなにすさまじい爆発は見たことがない。立ちあがったら、ゲーリングがいったんだ――『これで精いっぱいなら、金をドブに捨てるようなものだ、と総統に申しあげるからな』とね。いやはや、フォン・ブラウンの顔といったら――」

「KX14号はいまも上にあって、三時間ごとに軌道を一周している。まさにわれわれの狙いどおりだ。でも、やくざな無線機が離昇のときに故障したから、計器の数値はけっきょく読みとれずじまいだった」

「例のマグネシウム粉末のかたまりが、アリスタルコスから五十キロほど離れた月面に命中したとき、十二インチ反射望遠鏡をのぞいていたんです。陽が沈むころに目をやれば、そのとき生じたクレーターが見えますよ」

ときどきダークは、この男たちが羨ましくなった。彼らには人生の目的がある。たとえそれが、彼には理解しきれないものであっても。巨大な機械を数千マイルも宇宙空間へ送りだすことで、力をふるう感覚を味わえるにちがいない。だが、力は危険なものであり、しばしば腐敗するのだ。彼らが世界へもたらそうとしているエネルギーを、彼らにまかせていいものだろうか？　そもそも、その力を世界にゆだねていいものだろうか？

教養に恵まれているにもかかわらず、ヴィクトリア朝の大発見このかた世間一般のものとなっている科学への恐怖心を、ダークは完全に払拭しているわけではなかった。新たな環境で孤立感をおぼえるだけではなく、ときには不安に駆られることもあった。彼が言葉を交わすひと握りの人間は、いつも親切で礼儀正しかったが、多少の気恥ずかしさと、研究テーマの背景に最短時間で通じたいという強い願いとが相まって、彼はいっさいの社交的かかわりから身を引いていた。攻撃的といえるほど民主的な組織の雰囲気は気に入っていたし、あとになれば、会いたい人に会うのも簡単になるだろう。

当面、広報部以外の人間とダークが接触する機会は、もっぱら食事どきだった。インタープラネタリーの小さな食堂は、長官以下の全スタッフが常連で、代わるがわる利用していた。運営しているのは実験の大好きな、すこぶる進取の気性に富む委員会で、ときおり大失敗はあるけれども、たいてい食べ物は文句のつけようがないほど美味だった。ダークにわかるかぎりでは、インタープラネタリーがサウスバンク随一の料理と自慢するのも、あながち故なきことではなかった。

ダークのランチ・タイムは、復活祭と同様に一定ではないので、毎日たいてい新しい顔ぶれと出会い、まもなく組織の重要メンバーの大部分は見ただけでわかるようになった。彼に注目する者はいなかった。建物には世界じゅうの大学や企業から来た渡り鳥がひしめいており、彼も訪問中の科学者のひとりにすぎないと思われているのは歴然としていた。

ダークのカレッジは、アメリカ大使館の伝手《つて》で、グローヴナー・スクエアから数百ヤード離れたところに小さな賄いつきのアパートをなんとか見つけてくれていた。毎朝、彼はボンド・ストリート駅まで歩き、ウォタールーまで地下鉄に乗った。早朝のラッシュを避けることをすぐにおぼえたが、インタープラネタリーの幹部スタッフの多くより大幅に遅れることはめったになかった。サウスバンクでは突拍子もない時間に人気があった。ダークはときどき真夜中まで建物に残っていたものの、周囲に活動の物音は絶えなかった——その音はたいてい研究部門から聞こえてきた。頭をすっきりさせるためと、すこし体を動かすために、彼はしばしば人けのない廊下を歩きまわった。いつか正式に訪ねるかもしれない興味深い部門を頭のなかでメモしながら。こうして、この場所について非常に多くのことを学んだ。マシューズが貸してくれた——そしていつも借りなおしていく——複雑怪奇で、訂正だらけの組織編成表よりも多くのことを。

ダークは半開きのドアにしょっちゅう出くわした。その奥には乱雑な研究室や工作室があり、むずかしい顔をした技術者たちが、いうことを聞かないらしい装置をにらんでいる光景があった。もし時間が深夜に近ければ、濛々《もうもう》とたちこめた煙草の煙や、手前の特等席をかならず占めている電気ケトルや、でこぼこになったティー・ポットが、その場の雰囲気をやわらげていた。ときおりダークは、なにかの技術的勝利の瞬間に行きあたり、うっかりすると、なかに招かれて、エンジニアたちが絶えず醸している怪しげな液体を相伴させられそうになるのだった。こうして非常に多くの人間と会釈しあう仲になったが、名前をいえるほど知っている人間は十指に満たなかった。

三十三歳になっても、ダーク・アレクスンは、あいかわらず周囲の日常世界になんとなくなじめずにいた。過去に浸り、本に囲まれているほうがしあわせで、アメリカ国内をかなり広く旅していたけれど、人生の大部分をアカデミックな仲間内で過ごしていた。同僚たちには、複雑な状況を解きほぐす、直感的とさえいえそうな嗅覚をそなえた手堅い研究者として認められていた。偉大な歴史学者になれるかどうかはわからなかったが、メディチ家に関する研究は、卓越したものとして認知されていた。ダークのような温和な気性の持ち主が、あの絢爛華麗な一族の動機や行動を、どうしてあれほど正確に分析できたのか、友人たちには理解できずじまいだった。

彼がシカゴからロンドンへやってきたのは、純然たる偶然のなせる業だと思われた。そして彼は、その事実をいまだに強く意識していた。数カ月前、ウォルター・ペイターの影響が薄れはじめた。ルネッサンス期イタリアという狭苦しい舞台が、その魅力を失いつつあった——陰謀と暗殺から成るあの小宇宙に、それほどおだやかな言葉が当てはまるとしたらだが。興味の対象が変わるのは、これがはじめてではなかったし、最後になるとも思えなかった。というのも、ダーク・アレクスンは、人生を捧げられる仕事をいまだに探していたからだ。意気消沈していたとき、彼は学部長にこうもらした——自分に本当に訴えかけてくる研究テーマは、おそらく未来にしかないのだろう、と。このさりげない、冗談まじりの愚痴が、たまたまロックフェラー財団からの手紙と時期が一致したことから、本人もそうと知らないうちに、ダークはロンドンへの途次にあったのである。

最初の数日は、手に負えない仕事を引き受けてしまったのではないかという思いに悩まされたが、新しい仕事をはじめれば決まってそうなる、といまではわかっていたので、たいした悩みではなくなった。一週間ほどたつと、ひょんなことからまぎれこんだ組織の全体像を、かなりはっきりと描けるようになった気がした。彼は自信をとりもどし、すこし肩の力をぬけるようになった。

学部学生だったころから、ダークは気まぐれに日記をつけていた——危機を迎えたとき以外はたいてい三日坊主に終わるのだが——いま、自分の受けた印象や人生の日々の出来事をまたしても記録しはじめた。自己満足のために書かれるこれらのメモは、考えをまとめるのに役立ったし、あとになれば、いつか書きあげなければならない公式の歴史のための基礎になってくれそうだった。

「今日は一九七八年五月三日。ロンドンへ来てちょうど一週間になる――見たものといえば、ボンド・ストリートとウォータールー界隈だけ。天気がよければ、ランチのあと、マシューズとふたりでたいてい川べりへ散歩に出かける。〝新〟橋（できてから、まだ四十年ほどしかたっていないのだ！）を渡り、足の向くまま、川上か川下へ歩き、チャリング・クロスかブラックフライアーズでふたたび橋を渡る。時計まわり、反時計まわりと、道筋はいくらでも変えられる。

アルフレッド・マシューズは四十歳前後。とても重宝する人物だとわかった。なみはずれたユーモア・センスの持ち主で、笑った顔は見たことがない――まったくの無表情なのだ。自分の仕事には精通していると見える――上司ということになっているマカンドルーズとは雲泥の差だ、というべきだろう。マックは十歳ほど年長で、アルフレッドと同様に、ジャーナリズムの世界を経由して、広報の世界へ飛びこんできた。痩せぎすで、飢えたような顔つきの男で、ふだんはかすかなスコットランド訛りでしゃべるが――興奮すると、訛りはすっかり消えてしまう。そこにいわくがありそうだが、それがなにかは想像もつかない。悪い人間ではないが、あまり聡明とはいえない。アルフレッドが仕事を一手に引き受けていて、両者はあまり仲がよくないようだ。どちらともうまくやっていくのは、ときどきちょっと骨が折れる。

来週になれば、人に会ったり、現場に出たりしはじめられるだろう。とりわけクルーに会ってみたいものだ――しかし、原子力エンジンや惑星間軌道についてもうすこしくわしくなるまでは、科学者たちには近づかないでおこう。来週になれば、アルフレッドがこういうことを一から十まで教えてくれる――と彼はいっている。もうひとつ明らかにしたいのは、インタープラネタリーのような途方もない混成体が、そもそもどのようにできたのかということだ。典型的な英国流の妥協の産物に思えるが、その構成や起源に関する書類はないも同然なのだ。機関全体が矛盾のかたまりだ。慢性的に破産状態にあるのに、年額一千万(ドルではなくポンド)という大金の支出をまかされている。政府はその運営にほとんどかかわっておらず、いくつかの点では、BBCと同じくらい独立性が高いらしい。だが、議会で攻撃されれば(ひと月おきにそうなる)、大臣のだれかがかならず立ちあがり、その擁護にまわるのだ。けっきょく、マックは想像するよりも優れたオルガナイザーなのかもしれない!

先ほど〝英国流〟という言葉を使ったが、もちろん、そうではない。スタッフの約五分の一はアメリカ人だし、食堂では、およそ考えつくかぎりの訛りを耳にしてきた。国連事務局なみに国際的なのだ。もっとも、英国人が推進力と運営スタッフの大部分を提供していることはまちがいない。どうしてなのかはわからない。ひょっとすると、マシューズなら説明できるかもしれない。

いまひとつの疑問。訛りをべつにすれば、ここでは国籍のちがいを区別することは本当にむずかしい。その原因は——穏当ないい方をすれば——彼らの仕事にそなわった超国家的な性質だろうか？　もしここに長居をすれば、自分も根無し草になるような気がする」

「いつそれを訊かれるかと思っていましたよ」とマカンドルーズがいった。「答えはかなり複雑なんですが」

「いくらなんでも、メディチ家の陰謀なみに複雑怪奇ということはないでしょう」とダークはそっけなく応えた。

「まあ、そうかもしれません。暗殺という手段に訴えたことはまだありませんから。もっとも、そうしたくなるのはしょっちゅうですが。ミス・レイノルズ、アレクスン博士と話をするあいだ、電話に出てもらえないかな？ すまんね。

3

さて、ご存じのとおり、宇宙航行学——すなわち、宇宙旅行の科学——の基礎は、第二次世界大戦の終わりにはしっかりと固まっていました。V2号と原子力のおかげで、その気になれば宇宙空間は渡れるのだ、と大部分の人が納得したのです。イギリスとアメリカには、月や惑星へ行くべきだという考えを積極的に広めようとしていた団体もいくつかありました。それらは着実ながらゆっくりと進歩をとげ、一九五〇年代にはいると、ものごとが本格的に動きだしました。

一九五九年に──あー──お忘れかもしれませんが──アメリカ陸軍の誘導ミサイル〈孤児《オーファン》のアニー〉が、二十五ポンドの閃光粉末を載せて月に命中しました。その瞬間から、宇宙旅行は遠い未来の話ではなく、一世代のうちに実現するかもしれないと大衆は理解しはじめたのです。天文学が原子物理学に代わって、ナンバーワン科学の地位につきはじめました。そしてロケット業界の名簿は、着実に長くなりはじめました。しかし、無人のミサイルを月にぶつけることと──フルサイズの宇宙船を着陸させ、帰還させることでは、まったく話がちがいます。その仕事にはまだあと百年かかるかもしれない──そう考える悲観論者もおりました。

それほど長く待つ気のない人々が、この国にはたくさんおりました。宇宙空間を越えることは、四百年前に新世界の発見がそうだったように、進歩に不可欠なものだと彼らは信じていました。新たなフロンティアを開き、挑戦のしがいがある目標を人類にあたえてくれるだろう。おかげで国家のちがいなど影が薄くなり、二十世紀前半の民族的闘争を曇りのない目で見られるようになるだろう。戦争に注ぎこまれたかもしれないエネルギーが、惑星の植民に全面的に投入されるだろう──そうなれば、何百年かはずっと忙しいにちがいない、というわけです。とにかく、そういう理屈でした」

マカンドルーズは口もとをほころばせた。

「もちろん、ほかにもたくさんの動機がありました。五〇年代前半が、どれほど不安定な時期だったかはご存じでしょう。宇宙飛行に関する皮肉屋の議論は、詰まるところあの有名な言葉になります――『原子力は惑星間飛行を可能にするだけでなく、それを不可避とする』。原子力が地球に閉じこめられているかぎり、人類は壊れやすい籠ひとつに多くの卵を詰めこんでいるようなものでした。

むかしの惑星間協会《インタープラネタリー・ソサエティー》に集まった科学者、作家、天文ファン、編集者、実業家といった奇妙な顔ぶれのグループは、こうしたことをすべて理解していました。彼らは雀の涙ほどの元手で〈スペースワーズ〉誌の発行をはじめました。これはアメリカ地理《ナショナル・ジオグラ》学協会《フィック・ソサイエティー》の雑誌の成功にあやかったものです。アメリカ地理学協会が地球のためにやったことを、いまや太陽系のためにできるかもしれないと考えたわけです。〈スペースワーズ〉は、いわば大衆を宇宙征服の出資者にしようという試みでした。それは天文学に新たな関心を生みだし、予約購読した者は、最初の宇宙飛行に資金援助をしているのだという気分を味わいました。

数年早かったら、そのプロジェクトは成功しなかったでしょう。しかし、いまや機は熟しておりました。数年でおよそ二十五万の予約購読者が世界じゅうにいるようになり、一九六二年には、宇宙飛行に関する諸問題の研究に専念するため、〝インタープラネタリー〟が設立されました。最初のうちは政府の出資する大規模なロケット研究所なみの給料を払えなかったのですが、この分野で屈指の科学者たちを徐々に引きつけました。彼らは安月給であっても、原爆を運ぶミサイルを作るよりは、建設的なプロジェクトに従事するほうを選んだのです。草創期には、一度か二度、棚からぼたもち的な幸運にも恵まれました。一九六五年に英国最後の億万長者が亡くなったとき、彼は大蔵省の裏をかいて、財産の大部分をわれわれが使える信託基金にしてくれたのです。

インタープラネタリーは、はじめから世界規模の組織であり、本部がじっさいにロンドンにあるのは、もっぱら歴史的な偶然のなせる業です。アメリカにあってもよかったわけですし、われわれの同国人の多くが、そうでないことをいまだにいらだたしく思っています。しかし、どういうわけか、あなた方アメリカ人は、宇宙飛行に関してはむかしからちょっと保守的で、真剣に受けとるようになったときには、われわれから何年も遅れていたのです。なに、気にすることはありません。両方ともドイツ人に負けたんですから。

もうひとつ、アメリカの国土は宇宙航行学の研究には狭すぎるということを忘れてはなりません。ええ、奇妙に聞こえるのはわかっています――でも、人口分布図を見れば、わたしのいう意味がわかりますよ。長距離ロケットの研究に本当にふさわしい場所は、世界にふたつしかありません。ひとつはサハラ砂漠で、そこでさえヨーロッパの大都市に近すぎる嫌いがあります。もうひとつはオーストラリア西部の砂漠で、英国政府は一九四七年に広大なロケット試射場をそこへ建設しはじめました。全長は千マイルを超えているうえに、その彼方にはさらに大洋が二千マイルも広がっているのです——合計すれば三千マイルを優に超えます。たとえ五百マイルでもロケットを安全に飛ばせる場所は、アメリカ国内には見つからないでしょう。そういうわけで、ものごとがこういうふうになったのは、地理的な偶然のせいでもあるんです。

どこまで話しましたっけ？　ああ、そうそう、一九六〇年あたりまででしたね。そのころ、われわれの活動が本当に重要になりはじめました。理由はふたつありますが、広く知られてはいません。そのころ核物理学の全部門は完全な停止状態に追いこまれていました。原子力開発公社（ＡＤＡ）の科学者たちは、水素＝ヘリウム反応——つまり、旧式水爆のトリチウム反応ではないということですが——を開始できると考えていましたが、たいへん賢明にも決定的な実験は禁止されていました。海には水素がどっさりあるんですからね！　そういうわけで、核物理学者たちは、われわれが宇宙空間に実験室を作ってやれるようになるまで、爪を噛みながらすわっているしかなかったのです。宇宙空間に実験室ができれば、まずいことが起きても、問題はありません。太陽系が、第二の、かなり短命な太陽を獲得するだけの話です。ＡＤＡは、原子炉から出る危険な核分裂生成物をわれわれに廃棄してもらいたいとも思っていました。放射能が強すぎるので、地球には置いておけませんが、いつか役に立つかもしれませんから。

ふたつ目の理由は、それほど華々しいものではありません。しかし、ひょっとしたら、直接的な重要性ではこちらのほうが上かもしれません。放送や電信の大きな会社は宇宙空間へ出るしかありませんでした——TVを全世界に放映し、全地球規模の通信サーヴィスを提供するには、それしか方法がなかったからです。ご存じのとおり、レーダーやTVの非常に短い電波は、地球をまわりこみません——実質的に一直線に進むので、ひとつの放送局は地平線の向こう側へは信号を送れないのです。この困難を克服するために、空中の中継所が作られてきましたが、最終的な解決は、地球上空数千マイルのところに中継ステーションを建設できるようになったとき、はじめて達成されるということはわかっていました——おそらく、二十四時間で地球を一周する人工の月でしょう。それなら空に静止しているように見えますから。こうしたアイディアについては、きっとお読みでしょうから、いまは深入りしません。

そういうわけで、一九七〇年ごろまでに、われわれは世界最大級の技術的組織のいくつかから支援を受けており、実質的に無制限の資金を得ていました。われわれが専門家を独占していましたから、われわれのもとへ来るしかなかったのです。はじめのころは、残念ながらある程度のいさかいがありましたし、最高の科学者を根こそぎ引きぬかれた各業界は、われわれをけっして許さないでしょう。しかし、全体としては、われわれはADA、ウェスティングハウス、ゼネラル・エレクトリック、ロールスロイス、ロッキード、デハヴィランド、その他と良好な関係を築いています。たぶんお気づきでしょうが、いずれもここにオフィスをかまえています。彼らの寄付金は重要ですが、彼らの提供してくれる技術的援助には値段のつけようがありません。彼らの助けがなかったら、あと二十年はこの段階に達していなかったでしょう」

短い間があり、渓流から這いあがるスパニエル犬のように、ダークは言葉の奔流から浮かび出た。マカンドルーズの話しぶりは立て板に水で、何年も使ってきたいいまわしや、段落全体をくり返しているのは明らかだった。彼が口にしたことのほぼすべてが、おそらくどこかに出典があり、自分の言葉ではまったくないのだ――そういう印象をダークは受けた。

「あなた方の影響がどこまで広がっているのか、見当もつきませんね」と彼は答えた。

「本当をいうと、こんなのはたいしたことじゃないんですよ！」マカンドルーズが声をはりあげた。「大企業のなかに、なんらかの形でわれわれに力を貸してほしいと思わなかったところが、そうたくさんあるとは思えませんね。電信会社は、地上局と陸上の電線網を宇宙空間に浮かぶ数基の中継局に置き換えられたら、何億も節約できるでしょう。化学産業は――」

「ええ、疑う気はありませんよ！　これだけの金がどこから来るのだろうと思っていましたが、これがどれほどの大事業か、ようやくわかりました」

「忘れちゃあいけません」と、これまであきらめ顔で黙っていたマシューズが口をはさんだ。「産業界に対するわれわれのもっとも重要な貢献を」

「というと?」

「電球や真空管を満たすための高品質の真空の輸入です」

「アルフレッドのいつものおふざけにはとり合わないでください」とマカンドルーズがきっぱりといった。「宇宙空間に実験室を建設できれば、物理学一般が長足の進歩をとげるだろうということは、掛け値なしの真実です。それに、けっして雲にわずらわされない天文台を、天文学者たちがどれほど心待ちにしているかは、想像がつくでしょう」

「これでわかったのは」と要点を指折り数えながらダークはいった。「インタープラネタリーがどのように生まれたのか、そしてなにをしたいと思っているかですね。しかし、それがなにかを正確にいい表すのは、あいかわらず至難の業です」

「法的には、非営利(「まったくだ!」とマシューズが小声で口をはさむ)団体であり、設立趣意書には『宇宙飛行の諸問題に関する研究』に専念すると謳われています。元々は〈スペースワーズ〉誌を資金源としていましたが、いまは〈ナショナル・ジオグラフィック〉誌と関連しているので、われわれと公式なつながりはありません――もっとも、非公式なつながりなら、いくらでもありますが。現在、われわれの資金の大部分は政府の補助金と、産業界からの寄付金です。惑星間旅行が完全な商業ベースに乗って今日の航空産業のようになれば、おそらくべつのなにかに進化するでしょう。ものごと全体には政治的な側面がたくさんあるので、惑星の植民がはじまったとき、なにが起きるかは、だれにもわかりません」

マカンドルーズは、謝罪と弁解の入りまじった笑い声を小さくあげた。

「この場所のまわりには、突拍子もない夢がたくさん浮かんでいるんですよ、そのうちにおわかりになるでしょう。適当な天体で科学的なユートピアをはじめるとか、そのたぐいのことを考えている者がいるんです。しかし、当面の目標は純粋に技術的なものです。惑星の使い方を決める前に、そこがどんなふうなのかを突き止めなければなりません」

オフィスに静寂が降りた。一瞬、だれも口を開く気がないようだった。はじめてダークは、この男たちがめざしているゴールの真の重要性をさとった。圧倒された気分で、すくなからず怯えていた。人類は宇宙へ進出する覚悟が、人間のためにあるのではない不毛な生きにくい世界の挑戦を受けて立つ覚悟ができているのだろうか？　彼にはなんともいえなかった。そして心の奥底では、ひどく気持ちが乱れていた。

4

街路から見ると、南西五、ロッチデール・アヴェニュー五十三番地は、二十世紀初頭にひと山当てた株式仲買人たちが、老後を過ごす隠遁所として建てた、新《ネオ》ジョージ王朝様式住居のひとつのようだった。道路からかなり引っこんでおり、趣味のいい配置だが、手入れの行き届いていない芝生と花壇があった。天気がいい日は──一九七八年の春はときどきそうなったが──五人の若者が、不慣れな道具で気まぐれな庭いじりをしている姿が見られるときもあった。彼らがただの息ぬきで庭いじりをしているのであって、心は非常に遠いところにあることは一目瞭然だった。どれほど遠くかというと、通りすがりの者には想像もつかないほどだった。

それは厳重に守られた秘密だった。主に機密保持の担当者たち自身が、新聞記者あがりだったおかげである。世間が知るかぎり、〈プロメテウス〉のクルーはまだ選ばれていない。だが、じっさいは一年以上前に訓練がはじまっていたのだ。それはきわめて効率よくつづけられていた。フリート・ストリートから五マイルと離れていないのに、大衆の興味という強烈なスポットライトを完全に免れていたのである。

いつなんどきであれ、宇宙船の操縦ができる人間は、世界に掃いて捨てるほどいるわけがない。肉体的な資質と精神的な資質がこれほど特異な形で組み合わさっていなければできない仕事は、これまでほかになかった。完璧なパイロットは、超一流の天文学者、熟練したエンジニア、電子工学の専門家であるだけではなく、〝無重量〟状態でも、ロケットの加速のせいで体重が四分の一トンになったときでも、てきぱきと仕事をこなさなければならないのだ。

こうした要求をたったひとりでかなえられる者はいないので、宇宙船のクルーはすくなくとも三名で構成され、非常のさいにはどの二名も三人目の任務を代行できなければならないということが、何年も前に決定されていた。インタープラネタリーは五人の男を訓練していた。そのうちふたりは、土壇場で病人が出た場合にそなえての交替要員である。いまのところ、だれがその二名の交替要員になるのかを知る者はいなかった。

ヴィクター・ハッセルが船長になることを疑う者は、まずいなかった。二十八歳の彼は、自由落下状態で百時間以上を過ごした記録を持つ世界でただひとりの男だった。その記録はまったくの偶然の産物だった。二年前、ハッセルは実験用ロケットに乗って軌道へあがり、地球を三十周した。噴射回路に故障が生じ、修理が終わるまで、地球に帰還できるほど減速できなかったからだ。いちばんの好敵手であるピエール・ルデュックは、二十時間の軌道飛行を経験したにすぎなかった。

あとの三人は、職業的なパイロットではまったくなかった。オーストラリア人のアーノルド・クリントンは電子工学のエンジニアであり、コンピュータと自動制御の専門家だった。天文学を代表するのが聡明なアメリカ人のルイス・ティンで、パロマー山天文台をずっと留守にしている件は、いまやもっともらしい釈明が必要になっていた。原子力開発公社は、核推進システムの専門家、ジェイムズ・リチャーズを参加させていた。三十五歳という円熟期にはいった彼は、同僚たちにはたいてい〝おじいちゃん〟と呼ばれていた。

〝育児室〟――秘密を共有する者たちは、つねにその名を使っていた――での生活は、カレッジ、修道院、爆撃機の作戦本部の特徴を組み合わせたものだった。それは五人の〝生徒〟の人柄と、知識を授けにきたり、ときには利子をつけて返してもらいに来たりする客員科学者たちの果てしない流れによって彩られていた。それは目がまわるほど忙しいものの、しあわせな生活だった。目的とゴールがあったのだから。

ひとつだけ影がさしており、それは仕方のないことだった。決定のときが来れば、だれかが砂漠の砂の上に置き去りにされ、空の彼方へ小さくなっていく〈プロメテウス〉を、ジェット・エンジンの轟音が聞こえなくなるまで見送るはめになる。それがだれなのかを知る者はいないのだ。

ダークとマシューズが爪先立ちで部屋の後方にはいったとき、宇宙航行学の講義のまっさいちゅうだった。講師はじろりと彼らをにらんだが、そのまわりにすわった五人の男は、闖入者にちらりと視線を向けさえしなかった。ダークは、五人の名前を耳打ちしてくれるガイドのかすれ声を聞きながら、できるだけ目立たないように五人を観察した。

ハッセルは新聞の写真で見憶えがあったが、ほかの者たちは知らなかった。なんとも驚いたことに、ある特定のタイプというわけではなかった。明らかな共通点は、年齢、知性、油断なさだけ。彼らはときおり講師に質問を浴びせた。月に着陸するさいの操船が論じられているらしい、とダークは見当をつけた。会話の一から十までが理解にあまったので、すぐに講義を聴くのに飽きて、マシューズがもの問いたげにドアのほうを顎で示したときにはほっとした。

廊下に出ると、ふたりは緊張を解いて煙草に火をつけた。

「さて」とマシューズがいった。「これでわれわれのモルモットをご覧になったわけです。どう思われました？」

「なんともいえません。わたしとしては、非公式に会って、彼らとだけ言葉を交わしたかったんですが」

マシューズは煙の輪を吐きだし、それが散って消えるのを考えこんだ顔で見まもった。

「そう簡単にはいかないんですよ。おわかりでしょうが、彼らには余分な時間があまりないんです。ここの授業が終わったら、たいてい砂塵を巻きあげて、家族のもとへ消えてしまうんです」

「結婚しているのは何人です?」

「ルデュックはふたりの子持ち。リチャーズもそうです。ヴィック・ハッセルは一年ほど前に結婚しました。あとのふたりはまだ独身です」

妻たちはこの件全体をどう考えているのだろう、とダークは思った。どういうわけか、彼女らが不当な仕打ちを受けているように思えた。こういう疑問も湧いた――男たちはこれもまたべつの仕事にすぎないと思っているのだろうか、それともインタープラネタリーの創設者たちを突き動かしたにちがいない高揚感――それ以外の言葉はない――を彼らもおぼえているのだろうか、と。

ふたりはいま「**立入禁止――技術スタッフ専用!**」という札の貼ってあるドアまで来ていた。マシューズが試しに押してみると、ドアはさっと開いた。

「なんと不用心な!」と彼はいった。「おまけに、あたりにはだれもいないらしい。はいってみましょう――ここはいちばん面白い場所のひとつだと思いますよ。たとえわたしが科学者ではなくても」

それはマシューズの口癖のひとつだった。おそらく、深く埋もれた劣等感を隠しているのだろう。じっさいは彼もマカンドルーズも、見かけによらず科学に精通していた。

ダークは彼のあとについて薄闇のなかへはいり、ついで驚きのあまり息を呑んだ。マシューズがスイッチを見つけ、部屋に光があふれたのだ。そこは操縦室であり、ずらりと並ぶスイッチやメーターに囲まれていた。調度といったら、複雑なジンバル・システムで宙吊りになっている三つの豪奢な座席だけ。ダークが手を伸ばして、そのひとつに触れると、座席は静かに前後へ揺れはじめた。

「手を触れないでください」と、すばやくマシューズが警告した。「本当はここにはいってはいけないんですよ。お気づきじゃないかもしれませんが」

ダークはかなりの距離を置いて、つまみやスイッチの列をしげしげと見た。貼ってあるラベルで用途が推測できるものもあったが、それ以外はチンプンカンプンだった。〝手動〟と〝自動〟という単語が、くり返し現れた。〝燃料〟、〝エンジン温度〟、〝圧力〟、〝地球との距離〟も同じくらい頻出した。〝緊急遮断〟、〝空気警報〟、〝原子炉投棄〟といった言葉には、まぎれもなく不吉なひびきがあった。第三の、さらに謎めいたグループが、つきせぬ推測の材料をあたえてくれた。〝高・直三・同〟、〝中・数〟、〝ヴィデオ・ミックス〟というのが、このグループの選りぬきの見本かもしれない。

「この家が」とマシューズ。「いまにも飛び立ちそうだと考えておられるんじゃないですか。もちろん、〈アルファ〉の操縦室の完全な実物大模型《モックアップ》です。彼らが訓練しているところを見たことがありますが、なにがなんだかわからなくても、見とれてしまいますよ」

ダークはなんとか笑い声をあげた。

「ちょっと気味が悪いですね、閑静なロンドンの郊外で宇宙船の制御盤に行き当たるのは」

「来週には閑静じゃなくなります。来週マスコミに公開するんです。これほど長く隠してきたことを責められて、われわれはおそらくリンチにかけられるでしょう」

「来週ですって？」

「ええ、万事が計画通りに運べば。そのころには、〈ベータ〉は最後の全速テストに合格しているはずで、われわれはオーストラリア行きにそなえて荷造りをしているでしょう。ところで、最初の打ち上げのフィルムはご覧になりましたか？」

「いや、あいにく」

「お見せするのを忘れたら催促してください――じつに印象的ですから」

「これまでの速度は？」

「全備重量で秒速四・五マイルです。軌道速度にはちょっと足りませんが、それでも万事順調でした。もっとも、じっさいの飛行の前に〈アルファ〉をテストできないのは残念ですが」

「その飛行はいつになります？」

「まだ未定です。しかし、打ち上げが行われるのは、月が第一象限にあるときだとわかっています。まだ早朝のうちに、船はマーレ・インブリウム地域に着陸するでしょう。帰還は午後遅くに予定されていますから、地球時間で十日ほどそこにいられるわけです」

「特にマーレ・インブリウムというのは、どういう理由で?」

「平らで、詳細な地図ができていて、月でもっとも興味深い景観のいくつかが見られるからです。おまけに、ジュール・ヴェルヌの時代から、宇宙船はそこに着陸することに決まっているんです。その名が〝雨の海〟を意味するのは、ご存じだと思いますが」

「そのむかしラテン語を徹底的にやりましたから」とダークはそっけなくいった。

マシューズは、ダークの知るかぎり、もっとも微笑に近いものを浮かべた。

「そうだと思いました。でも、つかまる前にここから出ましょう。ひと通り見ましたか?」

「ええ、ありがとう。ちょっと圧倒されましたよ。でも、大陸横断ジェット機の操縦室とたいして変わりませんね」

「このパネルの裏がどうなっているかを知ったら、そうは思いませんよ」とマシューズがきっぱりといった。「アーノルド・クリントン――例の電子工学の王者ですが――以前彼に聞いた話だと、演算と制御回路だけで三千本の真空管があるそうです。通信方面にも何百本とあるにちがいありません」

ダークはろくに聞いていなかった。砂時計の砂がどれほど早くつきようとしているのか、はじめて実感が湧いてきたのだ。二週間前に到着したとき、打ち上げはまだ漠然とした未来の遠い出来事に思えた。外の世界では、それが一般的な印象だったのだ。いまやその印象は、完全な誤りに思えた。彼は困惑しきってマシューズに向きなおった。

「あなた方の広報部門は」と不平をいう。「かなり効果的に誤解を広めてきたようですね。どういうつもりだったんです？」

「純粋に方針の問題です」とマシューズは答えた。「そのむかし、われわれはすこしでも注意を惹くために、大風呂敷を広げて、派手な約束をしなければなりませんでした。いまは、準備万端になるまで、できるだけなにもいわないようにしています。根も葉もない噂が広がり、結果的に肩すかしを食った気になるのを避けるためには、そうするしかないんです。KY15号を憶えておられますか？　高度一千マイルに到達した最初の有人船でした――しかし、準備がととのう数カ月前に、われわれがその船を月へ送るものだと、だれもが思いこんだのです。もちろん、その船が設計されたとおりのことをやってのけると、だれもが失望しました。そういうわけで近ごろは、ときどき自分のオフィスを〝反広報部門〟と呼んでいます。なにもかもが終わって、また前進ギアを入れられるようになれば、大いにほっとするでしょうね」

これはまた勝手ないい草だな、とダークは思った。彼としては、〝なにもかもが終わる〟のを望むなら、先ほど見てきた五人のほうに、はるかにましな理由があるように思えたのである。

5

「これまでのところ」と、その夜ダークは日記に書いた。「インタープラネタリーの端っこをぐるっとかじっただけだ。マシューズは、わたしが小さな惑星のように、彼のまわりをぐるぐるまわるように仕向けている――放物線速度に達して、よそへ脱出しなければ。(彼が約束したとおり、専門用語が身についてきた!)

いま会ってみたい人々は、縁の下の力持ちである科学者やエンジニアたちだ。荒っぽいい方をすれば、なにが彼らを動かしているのか? 大勢のフランケンシュタインが、結果には頓着せず、ある技術的プロジェクトに関心をいだいているだけなのか? それとも、このすべての行き着く先を――ひょっとしたらマカンドルーズやマシューズよりもはっきりと――見据えているのだろうか? マカンドルーズとマシューズを見ていると、月を売りこもうとしている不動産業者ふたり組に思えるときがある。彼らは仕事をしているし、きちんと職務を果たしている――だが、そもそも、だれかにその気にさせられたにちがいない。とにかく、彼らはヒエラルキーの頂点からは一段か二段下なのだ。

到着した日に数分間会ったときの印象からすると、長官は非常に興味深い人物のようだ――しかし、のこのこ出かけていって、長官に根掘り葉掘り訊くわけにもいかない！カリフォルニア生まれ同士のよしみということで、副長官なら脈があるかもしれない。だが、彼はアメリカから帰ってきていない。

明日は、ここへ来た日にマシューズが約束してくれた〝苦労いらずの宇宙航行学〟教育課程を受講する手はずになっている。どうやら六巻の教育映画らしい。これまで見せてもらえなかったのは、この天才の温床に三十五ミリ映写機を修理できる者がいなかったからなのだ。アルフレッドが誓っていうには、終わりまでちゃんと見れば、天文学者顔負けになれるそうだ。

優秀な歴史家としては、いかなる偏見にもとらわれず、公平無私の目でインタープラネタリーの活動を観察できるようにならなければならない。だが、そういうふうにはなっていない。この仕事の最終的な結果がますます心配になりはじめているし、アルフレッドとマックがかならず持ちだすお題目では、まったく満足できないのだ。おそらくそのせいで、いまのわたしは上層部の科学者をつかまえ、彼らの見解を聞きたくて仕方がないのだろう。そうすれば、判断をくだせるかもしれない――判断をくだすのが、わたしの仕事であればだが。

追記。もちろん、それがわたしの仕事だ。ギボンを見よ、トインビーを見よ。結論を

（正しいにしろ、誤りにしろ）引きださないかぎり、その歴史家は文書整理係にすぎない。

さらに追記。おっと、忘れるところだった。今夜、新型のタービン・バスに乗ってオックスフォード・サーカスまで行った。とても静かだが、注意深く耳をすませば、途方もなく高いソプラノの鼻歌がかすかに聞こえるだろう。世界初だから、ロンドンっ子たちはこのバスをたいへん自慢している。バスのような単純なものが進歩するのに、どうして宇宙船なみの長い時間がかかったのかは理解に苦しむが、かかったのだそうだ。エンジニアリングの経済性と関係があるのだろう、たぶん。

アパートまで歩くことにして、ボンド・ストリートから出ると、『ピクウィック・クラブ』からぬけ出してきたかのような、馬に引かれた金ピカの荷車が目に飛びこんできた。どこかの用品店に品物を配達していたらしい。飾り文字がこういっていた――『創業一七六八年』。

こういうことがあるので、外国人は英国人にひどく面食らわされるのだ。もちろん、マカンドルーズなら、それはイングランド人であって、英国人ではない。連中は頭がおかしいのだ、というだろう――しかし、そんな細かな区別は受けいれがたい」

6

「ほったらかしにしますが、勘弁してください」とマシューズが申しわけなさそうにいった。「すごくいい映画なんですが、もういちど見るはめになったら、わたしは建物じゅうにひびく声で悲鳴をあげるでしょう。おおよそですが、すくなくとも五十回はもう見ているんです」

「かまいませんよ」と小さな試写室の座席に身を沈めながらダークが笑った。「映画館でただひとりの観客になるのははじめてですから、目新しい経験になるでしょう」

「そうですか。終わるころにもどってきます。もういちど見たいリールがあったら、映写技師にそういってください」

ダークは椅子に深くすわり直した。観客がリラックスして、人生を気楽にとらえるようになるほどすわり心地はよくないな、と彼は思った。その点に設計者の良識がうかがえた。なぜなら、この映画館は実用一点張りの施設だからだ。
二、三の短いクレジットとともに、題名がスクリーンにパッと現れた。

宇宙への道
技術指導ならびに特殊効果　インタープラネタリー
製作　イーグル＝ライオン

スクリーンが暗くなった。と、中央に、星明かりの狭い帯が現れた。それはしだいに広がっていき、自分が大きな天文台のドームの下にいて、その半球が開いているのだ、とダークはさとった。星空が膨張をはじめた。彼はそちらに向かって移動しているのだ。

「二千年にわたり」と静かな声がいった。「人間はほかの天体への旅を夢見てきました。惑星間飛行の物語はたくさんありますが、われわれの時代まで、その夢を実現できる機械は完成しませんでした」

なにかが星空を背に黒々と浮かびあがった――すらりとしていて、先が尖り、いまにも飛び立ちそうなものだ。画面が明るくなり、星々はかき消えた。巨大なロケットだけが残り、銀色の船体を陽射しにきらめかせながら、砂漠の上に立っていた。

噴射炎が食いこんだとたん、砂が沸騰するかに思えた。つぎの瞬間、巨大なロケットは、まるで目に見えないワイアを伝うかのように、着実に上昇していた。カメラが仰角になった。ロケットは縮んでいき、空の彼方へ小さくなっていった。一分とたたないうちに、ねじれた飛行機雲だけが残された。

「一九四二年に」とナレーターはつづけた。「巨大な近代的ロケットの第一号が、バルト海沿岸から秘密裏に打ち上げられました。これがロンドン壊滅を狙ったV2号でした。のちのあらゆるロケット、そして宇宙船そのものの原型となったものですので、くわしく調べてみましょう」

つづいてV2号の断面図がつぎつぎと現れ、重要な部分を残らず見せた――燃料タンク、ポンプ系統、エンジン本体である。アニメーション映画を使って、だれにでもわかるよう、ロケット全体の働きがはっきりと示された。

「V2号は」と声がつづけた。「高度百マイル以上に到達でき、大戦後は電離層の研究に広く使われました」

一九四〇年代後半のニューメキシコ試射場をとらえた人目を惹く写真や、失敗した離昇をはじめとする、さまざまな事故の場面をとらえた、さらに人目を惹く写真が映しだされた。

「ご覧のとおり、それはつねに信頼できたわけではなく、まもなくもっと強力で、簡単に制御できるロケットにとって代わられました――たとえばこのような――」

なめらかな魚雷型が、細長い針に置き換わった。それはかん高い音をあげて空へ舞いあがり、ふくらんだパラシュートにぶらさがって、ゆらゆらと降りてきた。速度と高度の記録がつぎからつぎへと破られた。そして一九五九年に……

「これは組み立て中の〈オーファン・アニー〉です。四つの分離する段《ステージ》、あるいは〝ステップ〟から成っており、燃料が燃えつきれば、ひとつずつ投棄されます。打ち上げ時の重量は百トン——有効搭載量《ペイロード》は二十五ポンドにすぎません。しかし、そのマグネシウム粉末のペイロードが、地球からべつの天体へ到達した初の物体となったのです」

月がスクリーンいっぱいに現れた。クレーターは白く輝いており、くっきりした長い影が、荒涼とした平原に黒々と伸びていた。半月《はんげつ》の一歩手前にあり、明暗境界線のギザギザした線が、大きな楕円形の闇をとり囲んでいた。その隠れた土地の中心に、突如として、ちっぽけだが、まばゆい閃光が一瞬だけ走って消えた。〈オーファン・アニー〉が運命を成就したのだ。

「しかし、これらのロケットは、すべて純然たる投射物でした。大気圏の上にあがり、無事に地球へ帰ってきた人類はまだいませんでした。最初の有人ロケットは、ひとりのパイロットを乗せて高度二百マイルに達した〈南極光《オーロラ・オーストラリス》〉であり、一九六二年に打ち上げられました。このころには、すべての長距離ロケットの研究は、オーストラリアの砂漠に築かれた広大な実験場を基地としていました。

〈オーロラ〉のあと、べつの、もっと強力な船が登場し、一九七〇年に、アメリカのロケットに乗り組んだロンズデールとマッキンリーが、最初の地球周回飛行を成しとげました。

地球を三周してから着陸したのです」

息を呑む場面がつづいた。数倍にスピードアップされていることは明らかだ。映っているのは、眼下でほぼ完全な地球が、ものすごい速さで回転しているところだった。ダークは一瞬めまいに襲われ、気をとり直したときには、ナレーターが重力について語っていた。それが万物を地球に引きつけていること、距離とともに弱まるが、完全には消えないことを説明した。またしてもアニメーションの図解が現れ、物体に高速をあたえれば、重力と遠心力が釣り合って、主星を永遠にめぐるようになること、月は公転軌道でまさにそうしているのだということを示した。これは、紐の端に結びつけた石を頭のまわりでぐるぐるまわしている男の姿で説明された。男は紐を徐々に伸ばしていったが、石はどんどん遅くなりながらも、あいかわらずまわりつづけた。

「地球の近くでは」と声は説明した。「物体は秒速五マイルで飛べば、安定した軌道にとどまれます――しかし、二十五万マイル離れており、重力場のはるかに弱い月は、この速度のわずか十分の一で動けばよいのです。

しかし、ロケットのような物体が、秒速五マイルより速く地球を飛び立ったらどうなるでしょう？　ご覧ください……」

宇宙空間に浮かぶ地球の模型が現れた。赤道の上でちっぽけな点が動いている。円形の経路をたどっているのだ。

「ここに大気圏のすぐ外側を秒速五マイルで飛行するロケットがあります。おわかりのとおり、その経路は真円です。さて、そのスピードを秒速六マイルにあげてやれば、ロケットはあいかわらず閉じた軌道で地球を周回しますが、その経路は楕円になります。スピードがさらにますにつれ、楕円はどんどん長くなり、ロケットは遠く宇宙空間に出ていくことになります。しかし、かならず帰ってきます。

とはいえ、ロケットの初速を秒速七マイルまであげれば、楕円は放物線となり——したがって——ロケットは永久に脱出します。地球の重力は、二度とふたたびそれを捕獲することはできません。それはいまや、ちっぽけな人工の彗星のように宇宙空間を飛んでいます。月が正しい位置にあれば、われわれのロケットは〈オーファン・アニー〉のように、月に衝突するでしょう」

もちろん、それは宇宙船がいちばん避けたい事態だ。そのあと長い説明があり、机上の月旅行の各段階をすべて示した。ナレーターは、安全な着陸のためにはどれだけの燃料を積んでいなければならないか、安全な帰還のためには、さらにどれだけが必要になるのかを示した。宇宙空間における航法の問題に軽く触れ、クルーの安全のためにどのような準備ができるのかを説明した。締めくくりはこうだった——

「化学推進ロケットで、われわれは多くのことを成しとげてきました。しかし、わずかな時間、行って帰ってくるだけではなく、宇宙を征服するためには、原子力という無限のエネルギーを活用しなければなりません。いまのところ、原子力推進ロケットは、まだ揺籃期にあります。危険で、不安定です。しかし、数年のうちにそれを完璧なものとして、人類は〈宇宙への道〉に最初の一歩を大きく踏みだしているでしょう」

声は大きくなっていた。音楽が背景で脈打っていた。とそのとき、ダークは地面から数百フィート離れ、空中で静止しているような気がした。点在する建物をいくつかとっさに見分け、自分が打ち上げられたばかりのロケットに乗っているのだとさとった。つぎの瞬間、時間感覚がよみがえった。砂漠がぐんぐん下方へ遠のいていきはじめた。低い丘の連なりが視界にはいってきて、たちまち奥行きが縮んで平らになった。映像はゆっくりと回転していた。と、だしぬけに海岸線が視野を横切った。尺度は容赦なく縮まっていき、自分がいまオーストラリア南部の沿岸全体を目にしているのだとさとって愕然とした。

ロケットはもはや加速しておらず、代わりに脱出速度に迫るスピードで地球から遠ざかっていた。ニュージーランドの双子の島が視界にはいってきた——と、つぎの瞬間、映像の端に白い線が現れ、彼は一瞬それを雲だと思った。

自分が永遠に変わらない南極の氷壁を見おろしているのだとさとったとき、ダークの喉になにかが詰まったようだった。彼は半マイルと離れていないところにもやわれている〈ディスカヴァリー〉号を思いだした。彼の目は、人の一生に満たないほどのむかし、スコット船長とその仲間たちが、苦闘の末に命を落とした陸地全体を一瞬にしておさめられるのだ。

と思うと、眼前に世界のへりがせりあがってきた。すばらしく高性能のジャイロスタビライザーが安定を失いはじめており、カメラは宇宙空間へとさまよい出た。長いこと、漆黒と夜しかないように思われた。と、だしぬけに、カメラが太陽をまともにとらえ、スクリーンに光が炸裂した。

地球がもどってきたとき、足もとに広がる半球全体が見渡せた。映像がいまいちど凍りつき、音楽がやんだので、遠く見慣れない眼下の世界に大陸と海洋を見分けられた。長いあいだ、その遠い球体は目の前に浮かんでいた。やがて、ゆっくりと溶けるように消えていった。授業は終わった。だが、すぐに忘れることはないだろう。

7

相部屋になったふたりの若い製図技師とダークの関係は、おおむね良好だった。彼らはダークの公式な立場をよくわかっていなかった（それをいうなら三人とも同じだ、とダークはときどき思った）ので、敬意と親しみが奇妙に入りまじった態度で彼に接していた。

とはいえ、ダークをひどくいらだたせる点がひとつあった。

ダークにしてみれば、惑星間飛行に対してとる態度はふたつしかないように思える。賛成するか、反対するかだ。彼に理解できないのは、まったくの無関心という立場だった。この青年たち（もちろん、彼自身は五歳も年上だ）は、インタープラネタリーのまさにどまんなかで食い扶持を稼いでいるのに、プロジェクトにはこれっぽっちの関心もないようなのだ。彼らは図面を引き、計算をする。まるで宇宙船ではなく、洗濯機の図面を引いているかのような熱中ぶりで。とはいえ、自分たちの態度を擁護するときには、多少の活気を見せるのだった。

「あんたの困ったところは、先生」ある午後、年長のサムがいった。「人生を真面目に受けとりすぎる点ですね。割に合いませんよ。血圧やらなにやらによくない」

「ちょっとは心配する人がいないと」ダークはいい返した。「きみやバートのような怠け者は仕事がなくなるだろうね」

「それのどこが悪いんです?」とバート。「そいつらに感謝してもらいたいくらいだ。サムやぼくみたいな人間がいなかったら、心配することがなくて、欲求不満で死んじまうはずだから。とにかく、おおかたの連中は」

サムは煙草をくわえ直した(あんなとんでもない角度で下唇からぶらさがっているのは、接着剤でも使っているからだろうか?)。

「あんたはいつも過去、つまり死んでいて、手のほどこしようのないものか、未来、つまり自分では見られないものについて頭を絞ってる。たまには肩の力をぬいて、愉快に過ごしたらどうです?」

「愉快に過ごしてるよ」とダーク。「たまたま働くのが好きな人間がいるということが、きみたちにはわからないらしい」

「自分を騙して、そう思いこんでるんですよ」とバートが説明した。「すべては条件づけの問題でね。ぼくらはばかじゃないから、染まらずにすんだんです」

「仕事をしない口実をでっちあげるのに」とダークが感心した声でいった。「それほどのエネルギーを注ぎこめるなら、新しい哲学を編みだせそうだね。無益論という哲学を」

「それはいま思いついたんですか?」

「いいや」とダークは白状した。

「そうだと思った。前から温めていたみたいな口ぶりでしたから」

「ひとつ訊きたいんだが」とダーク。「なにかに知的好奇心をいだくってことはないのかね?」

「べつに。つぎの給料がどこからふりこまれるかわかっているかぎりは」

もちろん、ふたりはダークをからかっていたのであり、彼にもそれがわかっていると知ってのうえでのことだった。ダークは笑い声をあげて、言葉をつづけた。

「こぢんまりした怠け者のオアシスがお膝元にあるっていうのに、広報部は見過ごしてきたと見える。まあ、〈プロメテウス〉が月に達しようがしまいが、きみたちにはどうでもいいんだろうね!」

「そうはいいません」とサムが口をとがらせた。「あれには五ポンド賭けてますから」

ダークがうまい切りかえしを思いつけないうちに、ドアがさっと開いて、マシューズが姿を現した。サムとバートは、目にもとまらぬ早業で、たちまち図面に囲まれて仕事に没頭していた。

マシューズが急いでいるのは一目瞭然だった。

「お茶を呼ばれる気はありませんか?」

「場合によりますね。どこです?」

「下院です。おととい、行ったことがないといっていたでしょう」

「それは面白そうだ。どういうことなんです?」

「支度をしてください。道みち話しますから」

タクシーに乗ると、マシューズは緊張を解いて説明した。

「こういう仕事はたびたびあるんです。本来ならマックと行くんですが、彼はニューヨークへ行く用事があって、二日は帰ってこないんです。それで、あなたがいっしょに行きたがるかもしれないと思いましてね。記録のためにいっておきますと、あなたは法律顧問のひとりってことになります」

「そいつはご親切さま」とダークが礼を述べた。「だれに会うんです?」

「サー・マイクル・フラニガンという名前の気のいい爺さんです。アイルランドの保守党員——それも筋金入りのね。彼の選挙区民のなかには、この目新しい宇宙船というものに賛成しない者もいます——おそらく、ライト兄弟にだって本当は心を許さなかったんでしょう。そういうわけで、われわれが出向いて、なにがどうなっているのかを説明しなけりゃならないんです」

「あなたなら彼の疑いを晴らせるのはたしかですよ」とダークがいったとき、車は市議会庁舎の前を通り、ウェストミンスター橋のほうへ折れた。

「そうだといいんですが。事態を丸くおさめられる手がひとつあるんです」

車はビッグ・ベンの影の下を通過し、巨大なゴシック建築の側面にそって百ヤード走った。車が乗りつけた入口は目立たないアーチ道で、外の広場を往来する人や車の喧噪からは遠くへだたっているように思える長い玄関ホールに通じていた。ひんやりとしていて静まりかえっており、ダークは、歳月や数百年を閲《けみ》した伝統をひしひしと感じた。

短い階段を登ると、そこは大きな部屋になっていて、回廊がいくつかの方向へ放射状に伸びていた。小さな人だかりが右往左往しており、人待ち顔の人々が木製ベンチに並んですわっていた。右手に受付のデスクがあり、ヘルメットその他一式で正装した、がっしりした警官が左右に立っていた。

マシューズはデスクに歩み寄り、用紙をもらって記入すると、警官に渡した。しばらくはなにも起きなかった。やがて、制服姿の役人が現れ、わけのわからない言葉をたてつづけに叫ぶと、警官から用紙を受けとった。それから回廊のひとつの奥に姿を消した。

「いったいぜんたい、なんていったんです？」不意に降りた静寂のなかで、ダークが声を殺していった。

「ミスター・ジョーンズ、レイディ・カラザーズ、それと名前を聞きとれなかっただれかさんは、いま議事堂内にいないといったんです」

そのメッセージはおおむね理解されたにちがいない。というのも、獲物に裏をかかれて不機嫌そうな選挙区民の集団が、部屋からぞろぞろと出ていきはじめたからだ。

「さて、待たなければなりません」とマシューズ。「でも、長くはならないはずです。われわれが来ることはわかっているはずですから」

　つぎの十分のうちにときおりほかの名前が呼ばれ、ときには議員が来客を迎えにきた。ときどきマシューズが、ダークの聞いたことのない著名人を指さした。もっとも、マシューズはその事実をできるだけ隠そうとしたが。

　じきにダークは、警官が背の高い青年を前にして、こちらを指さしていることに気づいた。その青年は、ダークの思い描く年配のアイルランド人準男爵とは似ても似つかなかった。

　青年がふたりのところまでやってきた。

「はじめまして。フォックスと申します。サー・マイクルはしばらく手が離せないので、おふたりのお世話を仰せつかりました。サー・マイクルの手が空《す》くまで、審議を聞かれてはいかがですか？」

「ぜひそうさせてください」と、すこし熱心すぎる声でマシューズが答えた。その経験は彼にとってさして目新しくもないのだろう、とダークは思ったが、会期中の議会を見学するチャンスができて、彼のほうはうれしかった。

　ふたりはガイドのあとについて果てしない回廊をぬけ、無数のアーチをくぐった。とうとう青年は、マグナ・カルタの調印に立ち会ったのだとしても不思議のない高齢の案内係にふたりを引きわたした。

「いい席を見つけてもらえますよ」とミスター・フォックスは約束した。「サー・マイクルは、数分もすればお見えになるでしょう」

ふたりは彼に礼を述べ、案内係のあとについて曲がりくねった階段を登った。

「いまのはだれです？」とダークがたずねる。

「ロバート・フォックス――トーントン選出の労働党下院議員です」とマシューズが説明した。「そこが議会のいいところでしてね――いつでもみんなが助けあうんです。部外者が考えるほどには、党派は重要じゃありません」彼は案内係に向きなおった。

「いまはなにが審議されているのかな？」

「ソフト・ドリンク（規制）法案の第二読会です。

「いや、まいったな！」とマシューズ。「ほんの数分ですむよう祈りましょう！」

傍聴席の上のほうのベンチにすわると、議場がよく見えた。写真のおかげで周囲のものにはすっかりなじみがあったが、ダークがつねに思い描いてきたのは、議員が立ちあがって、「議事進行について！」と叫んだり、さらには「恥知らず！」、「撤回しろ！」といった議会につきものの野次を飛ばしていたりするという活気に満ちた光景だった。ところが、目に映るのは、副大臣が価格と利潤のいっこうに面白くない一覧表を読みあげているあいだ、三十人ほどの紳士がベンチにだらりと寄りかかっているところだった。見ているうちに、ふたりの議員がもうたくさんだと同時に判断したらしく、議長にちょっと会釈して、大急ぎで出ていった――それほどソフトではないドリンクを探しにいったにちがいない、とダークは思った。

彼は眼下の光景から注意をそらし、周囲の広大な部屋をじっくりと眺めた。古いわりには非常によく保存されているように思え、この部屋が目撃してきた歴史的場面の数々を思うと胸が熱くなった。何世紀も前に――

「けっこう立派でしょう?」とマシューズがささやいた。「一九五〇年に完成したばかりですからね」

ダークはいきなり現実の世界に引きもどされた。

「なんですって! てっきり数百年はたっているのだと思っていましたよ!」

「とんでもない。前の議場はロンドン大空襲でヒトラーに消されてしまったんです」

ダークはこのことを忘れていた自分に腹が立った。そして注意をいまいちど審議に向けた。いまは十五人の議員が政府側、いっぽう反対席にすわる保守党と労働党は、合わせて十三人を集めたにすぎなかった。

ふたりのうしろにある鏡板をはめたドアがいきなり開き、にこやかな丸顔がふたりにほほえみかけた。マシューズがはじかれたように立ちあがり、議員はしきりに謝りながら挨拶した。また声を大きくできる回廊に出ると、ちゃんとした紹介があり、ふたりはサー・マイクルのあとについて、またも廊下をたどってレストランまで行った。これほど大量の鏡板を見るのは生まれてはじめてだ――ダークはそう思った。

老准男爵は七十をとうに超えているにちがいない。だが、足どりははずむようだし、肌色は赤ん坊なみにつやつやしていた。頭のてっぺんが禿げあがっているので、中世の大修道院長にびっくりするほど似ており、修道院が解散する前のグラストンベリーかウェルズに踏みこんでしまったような気がした。それでも目を閉じれば、サー・マイクルの訛りがたちまちダークを大都市ニューヨークへ連れていった。この前こういうアイルランド訛りに出会ったとき、その持ち主は〝停止〟信号を無視した廉《かど》で違反切符を彼に渡していたのである。

三人はすわってお茶にし、ダークは勧められたコーヒーを丁重に断った。軽食のあいだ、三人は世間話に興じ、会合の目的には触れなかった。それがようやく持ちだされたのは、テームズ川に隣接する長いテラスに出たときだった。そこの光景は議場そのものよりはるかに活動的だ、とダークは思わずにはいられなかった。少人数でかたまった人々がきびきびと言葉を交わしながら、立ったりすわったりしており、メッセンジャーが盛んに行き来していた。ときどき議員たちがいっせいに申しわけなさそうな顔で来客と別れ、あわてて投票に行くのだった。この空いた時間のあいだに、マシューズは議会の仕組みをなんとかダークに理解させようとした。

「仕事の大部分は委員会の部屋でなされるのを理解してください。重要な審議のときをのぞけば、じっさいに議場にいるのは、専門家か、とりわけ関心の深い議員だけです。それ以外の者たちは、建物じゅうに散らばった、こぢんまりした隠れ処で報告書を書いたり、選挙区民に会ったりしているんです」

「さて、おふた方」もどってきたサー・マイクルがどら声をはりあげた。途中で飲み物のトレイをとってきている。「月へ行くという、このきみたちのたくらみについて教えてもらえるかね」

マシューズは咳払いした。彼が頭のなかで最初の一手をつぎつぎと試しているところをダークは思い描いた。

「では、サー・マイクル」とマシューズは切りだした。「それは歴史がはじまってこのかた、人類がしてきたことの論理的な延長にすぎません。何千年にもわたり人類は、地球全体が探検され、植民されるまで、世界じゅうに広がってきました。いまやつぎの段階に進み、宇宙空間を越えてほかの惑星へいたるときが来ています。人類はつねに新しいフロンティア、新しい地平線を持たねばなりません。さもなければ、遅かれ早かれ、退廃におちいってしまうでしょう。惑星間旅行が発展のつぎの段階であり、原材料や空間の不足で、そうせざるを得なくなる前に、そうしたほうがよいのです。さらに、宇宙飛行には心理学的な理由もあります。そのむかし、だれかがわれわれの小さな地球を金魚鉢になぞらえました。人間の心は、よどんだようにその内側を永久にまわりつづけるわけにはいきません。駅馬車や帆船の時代なら、世界は人類にとってじゅうぶんに大きかった。しかし、二時間で一周できるいま、それはあまりにも小さすぎるのです」

マシューズは椅子にもたれ、急襲戦術の効果のほどを測ろうとした。一瞬、サー・マイクルはちょっと呆然としたように見えた。それからすばやく立ちなおり、飲み物の残りを飲みほした。

「すこしばかり気を呑まれたよ」と悔しそうに彼はいった。「しかし、月へ着いたら、とにかくなにをするのだね？」

「理解していただきたいのは」とマシューズが容赦なく論点を進めた。「月がはじまりにすぎないということです。千五百万平方マイルは、はじまりとしてはたしかにちょっとしたものです。しかし、われわれは月を惑星への踏み石としてしか見ておりません。ご存じのとおり、そこには遊離した空気も水もなく、したがって最初の植民地は完全な閉鎖型でなければなりません。しかし、低重力のおかげで巨大構造物の建設は簡単になりますから、都市全体に巨大な透明ドームをかぶせる案が立てられています」

「わたしには」とサー・マイクルがぬけ目なくいった。「きみのいう〝金魚鉢〟とやらを持っていくように思えるんだがね！」

マシューズは笑みをこぼしそうになった。

「鋭いご指摘です」と認め、「しかし、おそらく月は、主に天文学者と物理学者が科学研究のために使うことになるでしょう。月は彼らにとって途方もなく重要であり、あちらに実験室や天文台を建てられるようになれば、知識の新しい分野がつぎつぎと開けるでしょう」

「それで世界はもっとよくなるのかね、あるいは、もっと幸福になるのかね？」

「いつもながら、それは人間しだいです。知識は中立です。しかし、良しにつけ悪しきにつけ、人は知識を持たなければなりません」

マシューズは腕をふり、ごみごみした岸のあいだを悠然と流れている大きな川を示した。

「あなたのご覧になられるものすべて、われわれの現代世界のなかのいっさいが、過去において人間が勝ちとった知識のおかげで可能になっています。そして文明は静止したものではありません。もし立ち止まったら、滅びるでしょう」

しばらく沈黙が降りた。われ知らずのうちに、ダークは深い感銘を受けていた。マシューズが有能なセールスマンにすぎず、他人の理想を宣伝しているのだと思っていたのは、まちがいだったのだろうか。それとも才能のある演奏家で、本物の感情とは無縁に、完璧な技術で楽曲を奏でているだけなのだろうか？　よくわからなかった。マシューズは、外向型の人間だが、ダークには測れない秘密の深みを隠していた。ほかの点はともかく、この点において、彼はあの伝説上の生き物、典型的イギリス人の要件を満たしていた。

「アイルランドの友人たちから」とサー・マイクルがややあっていった。「かなり多くの手紙をもらっていてね。彼らはその考えがまったく気に入らないし、われわれは地球を離れようとしてはならないと思っている。彼らになんといえばいいのだね？」

「歴史を思いださせてやってください」とマシューズは答えた。「われわれは探検家であるといってやってください。そして、むかしむかしだれかがアイルランドを発見しなければならなかったのを忘れないでくれと頼んでください」ダークに目配せする。まるでこういうかのように――「ここが勝負どころだ」と。

「五百年前にもどったと想像してください、サー・マイクル、そしてわたしの名前がクリストファー・コロンブスだと。わたしが西へ船を出して、大西洋をどうしても越えたい理由をあなたはお知りになりたい。そしてわたしは、その理由を説明しようとしてきました。あなたが納得されたかどうかはわかりません。あなたはインドへの新しい航路を開くことに、とりたてて関心がないのかもしれません。しかし、ここが重要な点です――わたしたちはふたりとも、この航海が世界にとってどれほどの意味を持つかを想像できませんでした。お友だちにいってやってください、サー・マイクル、もしアメリカが発見されなかったら、アイルランドがどうなっていたか考えてみたまえと。月は南北アメリカを合わせたよりも大きい場所です――そして、われわれが到達する世界のうちで最初の、最小の天体にすぎないのです」

ふたりがサー・マイクルに別れを告げたとき、広大な待合室はほとんど人けがなかった。握手して別れたとき、サー・マイクルは依然としてすこし呆然としているようだった。

「あれでアイルランド人の質問がしばらくおさまってくれるといいんですが」建物から出て、ヴィクトリア・タワーの影にはいったとき、マシューズがいった。「爺さんのことをどう思いました?」

「立派な人に思えました。彼があなたの考えを選挙区民に説明するところを、ぜひ聞いてみたいものです」

「ええ」とマシューズは答えた。「さぞ聞き応えがあるでしょうね」

ふたりは二ヤード歩き、正面玄関を通り越して橋へ向かった。そのときマシューズが藪から棒にいった――

「とにかく、あなたはこの件をどう思うんです?」

ダークは言葉を濁した。

「あなた方に賛成だと思いますよ――理屈の上では。しかし、どういうわけか、あなたと同じような気持ちにはなれないんです。あとになれば、ひょっとして――よくわかりません」

彼は生活と商業が脈動する周囲の大都会に目をやった。それは丘陵と同じくらい時代を超越し、永久不変に思えた。未来がなにをもたらそうと、これが消え去るはずがない！それでもマシューズは正しいのであり、余人はいざ知らず、自分はそのことをわかっているはずなのだ。文明はけっして静止するわけにはいかない。自分が歩いているまさにこの地面を、マンモスが川べりの藺草《いぐさ》をかき分けて歩いていたのだ。彼らがこの土地の支配者であり、洞穴からのぞいている猿人ではなかった。しかし、猿の日の夜明けがついに訪れた。森と沼は、猿人の機械の力の前に屈した。物語がはじまったばかりだということが、いまダークにはわかった。この瞬間にも、異様な太陽のもとにあるはるかな世界では、〈時と神々〉が人間のために、これから生まれる都市の建設予定地を整備しているのである。

8

文学修士、王立協会員、インタープラネタリー長官のサー・ロバート・ダーウェントは、見るからにタフな面がまえで、故ウィンストン・チャーチルを連想しない者はいなかった。似ていないところもあるにはあって、彼はパイプを手放さなかった。噂によれば、パイプには二種類あるのだという——〝平常用〟と〝非常用〟だ。〝非常用〟は、招かれざる客がやってきたら、ただちに活動にはいれるよう、つねに燃料を満タンにしてある。この目的のために使用される秘密の混合物は、主に硫黄をまぶしたお茶の葉から成っていると信じられていた。

サー・ロバートは強烈な個性の持ち主なので、彼をめぐるおびただしい数の伝説が生まれていた。その多くは彼のアシスタントたちがでっちあげたもので、彼らは上司のためなら痛い目を見ることもいとわなかった——そしてたびたびそうなった。というのも、サー・ロバートの言葉使いは、元王立天文台長にふつう予想されるものとはちがっていたからだ。彼は家柄にも財産にも敬意を払わず、有名だが、あまり知的とはいえない質問者たちに対する返答のなかには、歴史に残るものもあった。王族さえ、ある祝典の席で彼の火のような舌鋒から解放されて、ほっとしたことがあった。こうしたうわべにもかかわらず、内心ではやさしく、感受性に富んだ人物であった。かなり多くの人々がそうではないかとにらんでいたが、満足のいくほど証明できた者はまずいなかった。

六十歳で、三人の孫がいるサー・ロバートは、年のわりに若い四十五歳に見えた。歴史上の分身と同様に、これは健康のあらゆる基本ルールをわざとないがしろにし、絶えずニコチンを摂取しているからだといっていた。ある聡明な記者は、かつて彼を「科学界のフランシス・ドレーク——第二エリザベス朝の天文学的探検家のひとり」と呼んだが、その表現は適切だった。

煙草の煙をかすかな後光のようにくゆらせながら、すわってその日の郵便物を読んでいたとき、長官にエリザベス朝人士らしいところは特になかった。驚くほどの速さで書信に目を通し、読みおわると、手紙を積みあげて小さな山にしていた。ときおり通信文を屑籠に直行させる。するとスタッフが注意深く回収し、〝変人〟という優雅なタイトルのついた分厚いフォルダにはさみこむのだった。インタープラネタリーに届く郵便物のおよそ一パーセントが、この部類だった。

手紙を読みおえたちょうどそのとき、オフィスのドアが開いて、インタープラネタリーの心理学顧問グローヴズ博士が、報告書のファイルを手にしてはいってきた。サー・ロバートはむっつりと彼をにらんだ。

「おやおや、この不吉の鳥め――ハッセル坊やについてのこの大騒ぎはどういうことなんだね？　てっきり、万事順調だと思っていたのに」

フォルダを置いたとき、グローヴズは心配顔だった。

「わたしもだよ、数週間前までは。そのときまでは五人とも体調万全で、緊張の徴候は見られなかった。そのときになって、ヴィックがなにかを気に病んでいるのに気づいて、昨日ようやくその件を彼と話しあったんだ」

「奥さんの件だろう？」

「ああ。めぐり合わせが悪いとはこのことでね。ヴィックはとり越し苦労をする種類の父親。しかもモード・ハッセルは、男の子が生まれるとき、夫がおそらく月への途上にあるってことを知らないときている」

長官は眉を吊りあげた。

「男の子だとわかるのかね？」

「ワイズマン＝メイザーズ処置は九十五パーセント確実だよ。ヴィックは息子をほしがっていた――万が一、帰ってこられない場合にそなえて」

「なるほど。そうと知ったら、ミセス・ハッセルはどう反応すると思う？　もちろん、ヴィックがクルーになると、まだ確定したわけじゃないが」

「たぶんだいじょうぶだろう。でも、気に病んでいるのはヴィックのほうなんだ。きみの最初の子供が生まれたとき、どういう気分だった？」

サー・ロバートはにやりとした。

「そうやって過去をほじくり返すわけか。偶然だが、わたしも留守にしていた——日蝕の観測で遠出していたんだ。危うくコロナグラフを壊すところだったから、ヴィックの立場は理解できる。しかし、なんとも頭が痛いな。きみに説得してもらうしかない。奥さんと話しあったうえで、彼女に口止めするようにいってくれ。ほかに持ちあがりそうな悶着の種はあるかね？」

「いまのところはない。でも、だれにもわからないよ」

「ああ、わかりっこない」

長官の目は、額に入れてデスクのうしろに飾ってある座右の銘のほうへそれた。グローヴズ博士のすわっているところからは見えなかったが、彼はその文章をそらんじており、しばしば好奇心をそそられた——

「世のなかがうまくいっているときは
いつも忘れられていることがある」

どこからとった言葉なのか、いつか訊いてみなければ。

第二部

地球上空二百七十マイル、〈ベータ〉は地球の三周目にはいっていた。ちっぽけな衛星のように大気圏すれすれを飛びながら、九十分ごとに一周しているのだ。パイロットがふたたびエンジンに点火しないかぎり、ここ、宇宙のフロンティアに永久にとどまるだろう。

それでも、〈ベータ〉は宇宙の深淵ではなく、上層大気圏の生き物だった。ときどき陸地へ這いあがる魚のように、本来の環境の外へ思いきって出ているのだ。その巨大な翼は、いまや凶暴な太陽の熱に焼かれている役立たずの金属板だ。はるか下界の空気へもどるまで、それは無用の長物なのである。

〈ベータ〉の背中に固定されている流線型の魚雷は、一見すると、べつのロケットに思えるかもしれない。だが、展望窓もなければ、エンジン・ノズルもなく、着陸装置らしきものも見当たらない。なめらかな金属の形はつるりとしていて、投下の瞬間を待っている巨大な爆弾を彷彿とさせる。それは〈アルファ〉のための燃料タンク第一号であり、数トンの液体メタンがおさまっていて、旅に出る宇宙船の準備ができたとき、そのタンクに注ぎこまれることになっていた。

〈ベータ〉は漆黒の空を背に静止しており、地球のほうがその下で回転しているように見えた。船上の技術者たちは、計器をチェックし、読みとった数値を下界の惑星上にある管制ステーションへ伝えているが、とりたてて急いではいない。地球を一周しようが、十周しようが、たいしたちがいはないのだ。テストの結果に満足するまで、彼らは軌道にとどまるだろう――主任エンジニアが述べたように、煙草を切らして早めに降りるはめにならないかぎりは。

まもなく、〈ベータ〉とその背中に積まれた燃料タンクとの境目にそって、ガスがパッパッと噴射された。両者をつないでいる爆発ボルトが切断されたのだ。毎分数フィートの速さで、ごくごくゆっくりと、巨大なタンクが船から遠ざかりはじめた。

〈ベータ〉の船体でエアロックのドアが開き、不格好な宇宙服を着たふたりの男がふわりと浮かびあがるように出てきた。小型のシリンダーからガスを短く噴射して、ふたりは漂流する燃料タンクのほうへ向かい、入念に調べはじめた。片方が小さなハッチをあけ、計器の数値を読みはじめる。いっぽう、もう片方は携帯式の漏出検知機で船体を調べはじめた。

一時間近くのあいだ、〈ベータ〉の姿勢制御用補助ロケットからときおりパッパッとガスが噴出する以外は、なにも起きなかった。パイロットは、軌道上の運動の方向と逆向きになるように船を回転させており、その操船に時間をかけているのは歴然としていた。いま〈ベータ〉と、それが地球から運びあげてきた燃料タンクとのあいだには、百フィート近い距離があった。そのゆっくりした分離のあいだに、ふたつの物体が地球をほぼ一周したということは、なかなか理解できないだろう。

宇宙服に身を固めたエンジニアたちは仕事を終えた。ガスを噴射して、待機している船までゆっくりともどる。その背後でふたたびエアロックが閉じた。またしても長い間があった。パイロットが制動をはじめる正確な瞬間を待っているのだ。

と、いきなり目もくらむほどまばゆい光が、奔流となって〈ベータ〉の船尾から飛びだした。白熱したガスが、固体となって光の棒を形作るかのようだ。エンジンが噴射をはじめたとたん、船内の男たちにとって、通常の重量がもどってきたはずだ。五秒ごとに、〈ベータ〉は時速百マイルずつ速度を失っていた。船は軌道から離脱しつつあり、まもなく地球へ降下しているだろう。

原子力ロケットの目もくらむほどまぶしい炎が、ちらついて消えた。またしても小型の姿勢制御ロケットがガスを噴出した。パイロットは急いでいた。いまやふたたび船が軸を中心に回転するようになっている。宇宙空間では、どちらを向いていてもかまわない――

だが、数分のうちに船は大気圏に突入するのだから、運動の方向を向いていなければならないのだ。

空気との最初の接触を待っているときは、つねに緊張の一瞬がある。船内の男たちにとって、それはシートベルトのおだやかだが、抵抗できない引っぱりの形でやってきた。それは刻一刻と徐々に強まっていき、じきにかすかなうえにもかすかな音が、壁の絶縁材を通して聞こえてきた。船は高度と速度を交換しているのだ――速度を落とすためには空気抵抗を使うしかない。もし交換率が大きすぎれば、ずんぐりした翼はへし折れ、船体は溶けた金属と変わり、船は厚さ百マイルの空を流星雨となって墜落するだろう。

時速一万八千マイルで流れ過ぎる希薄な空気に、ふたたび翼が食いこんでいた。操縦翼面はまだ無用の長物だったが、船はまもなくその指令にのろのろと反応するだろう。たとえエンジンを使わなくても、パイロットは地球のどこであろうと着陸地点を選ぶことができるのだ。彼が飛ばしているのは、そのスピードのおかげで世界規模の航続距離を持つ超音速グライダーなのである。

非常にゆっくりと、船は成層圏をぬけて降下しながら、刻一刻とスピードを失っていた。時速千マイルをわずかに超えたところで、ラムジェットの空気とり入れ口が開き、原子炉が死をもたらす生命で輝きはじめた。燃焼する空気の流れがノズルから噴射されており、船は見慣れた酸化窒素の赤茶色に染まった航跡を引いていった。船はふたたび動力飛行で安全に大気に乗っており、いまいちど故郷へ向かえるのだ。

最終テストは終わった。三百マイル近い上空で、四十分ごとに夜と昼が交替するなか、最初の燃料タンクが永遠の軌道に乗って回転していた。数日のうちに、その仲間たちが同じ航路、同じ手段で打ち上げられるだろう。それらはつなぎ合わされ、中身を〈アルファ〉のからっぽのタンクに注ぎこむ瞬間を待つだろう。そして宇宙船は速度をあげ、月への旅に出るのだ……。

1

マシューズの言葉を借りれば、〝反広報部門〟がとうとう前進ギアを入れた——そしてひとたび動きだすや、あっという間にトップ・ギアまでシフトした。最初の燃料タンク打ち上げの成功と、〈ベータ〉の無事の帰還によって、点検できるものはすべて完璧に機能していることが明らかになった。いまや十二分に訓練を積んだクルーが、数日のうちにオーストラリアへ向けて旅立つだろう。機密保持の必要は過去のものとなったのだ。

マスコミに最初の〝育児室〟訪問記事が出たとき、サウスバンクでは陽気な朝を迎えていた。大きな日刊紙の科学論説委員たちは、例によって、かなり正確な解説をしていた。しかし、二流新聞のなかには、スポーツ記者や劇評家、さもなければたまたま手の空いていた者を送ってきて、じつに驚くべき記事を載せたところもあった。マシューズは喜んだり悔しがったりしながら、その日の大半を過ごし、もっぱらフリート・ストリートの方向へ電話のつるべ撃ちをしていた。大西洋の向こう岸からマスコミの記事がはいってきたときにそなえて、その憤慨はできるだけとっておいたほうがいい、とダークは忠告した。

ハッセル、ルデュック、クリントン、リチャーズ、テインは、たちまち前代未聞の好奇心の的となった。彼らの生い立ち（広報部がぬけ目なく前もって印刷物にしていた）が、すぐさま世界じゅうの新聞に掲載された。結婚の申しこみが郵便局という郵便局から殺到して、既婚者・未婚者を問わず公平に届けられた。無心の手紙も山のように来た。リチャーズが皮肉っぽく指摘したように、「生命保険の勧誘員をのぞけば、だれもがぼくらになにかを売りつけたがっている」のだった。

インタープラネタリーの事業は、いまや軍事作戦なみの円滑さで、クライマックスに向けて進んでいた。一週間のうちに、クルーと幹部スタッフの全員がオーストラリアへ向けて旅立っているだろう。適当な口実を思いつける者は、ひとり残らず彼らにくっついて行くだろう。つづく数日のあいだに、建物のそこらじゅうで、思いつめたような顔が見られるようになった。下級事務員たちは、シドニーに病気のおばがいたり、キャンベラに貧乏で困っているいとこがいて、いますぐ駆けつけてやらなければならないといった事情が、急に判明するようになった。

送別パーティーのいいだしっぺは長官らしかったが、熱心に進めたのはマカンドルーズで、彼は自分で思いつかなかったのを悔しがった。本部のスタッフ全員が招待されるだけでなく、産業界、マスコミ、大学、インタープラネタリーと関係のある無数の団体からも大勢の人々が呼ばれることになった。リストからどんどん名前が削られ、不平不満が続出したあと、七百をわずかにうわまわる招待状が発送された。二千ポンドの〝接待費〟を考えて、まだ渋っていた経理部長さえ、リストからはずすという脅迫の前には屈服した。

こういうお祝いは時期尚早、〈プロメテウス〉の帰還まで待ったほうがいい、と考える向きもないではなかった。こうしたうるさ方には、プロジェクトに従事する者の多くが、打ち上げ後はロンドンにもどらず、自分の国へ帰るだろうという指摘がなされた。ピエール・ルデュックがこういったとき、クルーの気持ちを代弁していた――「われわれが帰ってくるなら、死ぬまでパーティー三昧がつづくだろう。帰ってこないなら、盛大な壮行会くらいしてほしいもんだ」

大宴会の会場に選ばれたのは、ロンドンでも指折りのホテルだったが、数人のお偉方だけがくつろげて、科学者は実質的にだれもくつろげないほど高級ではなかった。スピーチは最小限に切りつめられ、行事本体にできるだけ時間をまわすことが厳重に約束されていた。ダークとしては望むところだった。式辞は願い下げにしたいが、立食パーティーなら大歓迎だったからだ。

定刻の十分前に着くと、マシューズがロビーを行ったり来たりしていた。筋骨隆々のウェイターを左右にひとりずつ侍《はべ》らせている。にこりともせずに彼らを示し、

「わたしの用心棒です」といった。「よく見れば、尻ポケットのふくらみがわかるでしょう。押しかけ客が大挙してやって来そうなんですよ。とりわけ、招待しなかったフリート

・ストリートの方面から。あいにくですが、今夜は自分でよろしくやってください。でも、会いたい人がいれば、襟に〝客室乗務員〟と書いてある連中に訊いてください。だれがだれかを教えてもらえますよ」

「わかりました」帽子とコートをあずけながらダークはいった。「砦を守っているあいだに、ときどきなにかをつまむ時間があるといいですね」

「非常食はちゃんと用意してあります。ところで、飲み物は〝燃料技師〟という名札をつけた男からもらってください。飲み物全部にロケット燃料か、そのたぐいにちなんだ名前がついていますから、じっさいに飲むまでなにをもらったのかわからないんです——飲んでわかったらの話ですが。でも、ひとつ忠告してあげましょう」

「というと?」

「水和ヒドラジンはやめておきなさい!」

「ご忠告ありがとう」ダークは笑い声をあげた。数分後、マシューズが人をかついだのであって、そういう名前はついていないとわかって、いくぶんほっとした。

つぎの三十分のうちに会場はみるみる埋まっていった。ダークはせいぜい二十人にひとりしか知った顔がないので、すこしばかり疎外感を味わった。結果的に、自分にはふさわしくないほどバーの近くにいつづけることになった。ときおり知り合いに会釈したが、たいていの者はよそで手がふさがっていて、ダークにつき合おうとはしなかった。同じように所在なさげの客が、仲間を求めて隣に腰を降ろしたときには、うれしいくらいだった。

ふたりはとりとめのない会話をはじめ、しばらくすると話題は、必然的に、目前に迫った冒険のことになった。

「ところで」と見知らぬ人がいった。「これまでインタープラネタリー関連でお目にかかったことはありませんな。こちらには長いのですか？」

「ほんの三週間くらいです」とダーク。「シカゴ大学の特別な仕事をしておりまして」

「とおっしゃると？」

ダークは話をしたい気分だったし、相手は彼の仕事を本気で知りたがっているように思えた。

「この最初の旅と、そこにいたる出来事について公式な歴史を書くことになっています。今回の旅は、史上もっとも重要な出来事のひとつになるでしょう。未来のために完全な記録をとらなければなりません」

「でも、無数の技術報告書や新聞記事が出るのはまちがいないのでは？」

「おっしゃるとおりです。しかし、それらが同時代人のために書かれるものであり、現在の読者にしかなじみのない背景を自明のものとしていることをお忘れなく。わたしは、いうなれば、時の外側に立とうとしなければなりません。いまから一万年後に読んでも、完全に理解できる記録を作らなければならないのです」

「うへえ！　たいへんなお仕事ですな！」

「ええ。言語と意味の研究における新しい展開、そして象徴的語彙の完成をもって最近ようやく可能になりました。しかし、こんな話、退屈じゃありませんか」

失敬なことに、相手は否定しなかった。

「どうやら」と見知らぬ人はさりげなくいった。「ここの人々をかなりよくご存じのようですね。つまり、特権的な立場にあるということです」

「おっしゃるとおりです。すごくよくしてもらっていますし、みんな、できるだけ力を貸してくれます」

「あそこにハッセル青年がいますね」と相手。「ちょっと心配そうな顔つきだ。でも、あの男の立場だったら、わたしだってそうなるでしょう。クルーとはお知り合いなんですか？」

「まだです。そうなりたいと思っていますが。ハッセルとルデュックとは二度話をしましたが、それだけです」

「旅にはだれが選ばれると思いますか？」

ダークがこの件について憶測まじりの見解を伝えようとしたとき、部屋の向こう側からマシューズが、狂ったように合図を送ってきているのに気づいた。一瞬、チャックがあけっぱなしだという恐ろしい可能性が頭のなかを駆けめぐった。ついで、ある疑惑が徐々に湧きあがってきて、彼はもごもご詫びをいうと、話し相手と別れた。

ややあって、マシューズが彼の疑惑を裏づけた。

「マイク・ウィルキンズは業界でも指折りの敏腕記者です――〈ニュース〉では、よくいっしょに働いたもんですよ。でも、お願いだから、あいつと話すときは自分の言葉に気をつけてください。もしあなたが奥さんを殺したら、あいつは天気を訊くことからはじめて、そのうちその話を聞きだしてしまいますよ」

「そうはいっても、彼がまだ知らないことをたいして話せるとも思えませんが」

「そうじゃないから困るんです。知らないうちに、〝インタープラネタリーのある重要な関係者〟として新聞に出ることになりますよ。で、わたしが例によって効果のない否定の談話を発表するわけです」

「なるほど。招待客のなかに記者はほかに何人いるんですか？」

「招待したのは十二人くらい」と沈んだ声でマシューズ。「わたしだったら、知らない人間とざっくばらんに話すのは避けますね。では、これで失礼――門番の仕事にもどらないといけないので」

自分に関するかぎり、パーティーは盛況とはいえないな――ダークはそう思った。広報部門は秘密保持に関して強迫観念をいだいているらしい。ダークにいわせれば、それは度を超えてしまっていた。とはいえ、非公式なインタヴューに関するマシューズの恐怖も理解できた――その身の毛もよだつ結果をいくつか見たことがあったからだ。

このあとしばらくのあいだ、ダークの注意は同伴者なしで来たらしい――それ自体が驚きの事実だ――恐ろしくかわいい娘に釘づけだった。さんざん逡巡したあと、同伴者役に名乗りをあげようと決心したちょうどそのとき、同伴者はよそで護送任務を果たしていただけだと判明した。ダークは好機を逸したのではなかった。はじめから好機などなかったのだ。彼はいまいちど哲学的なもの思いにふけりはじめた。

とはいえ、ディナーのあいだに気力はかなり回復した。料理そのものは文句のつけようがなく、長官のスピーチさえ十分しかつづかなかった（これが、ほかの者全員にとって制限時間となった）。ダークに思いだせるかぎりでは、内輪のジョークを随所にちりばめた、きわめてウィットに富んだ式辞であり、あるところでは爆笑を、あるところでは苦笑いを誘いだした。インタープラネタリーは、つねに内輪ではみずからを笑い飛ばすのが好きだったのだが、ようやく最近になって、人前でもそうする余裕ができたのだ。

あとの二、三の式辞は、それに輪をかけて短かった。明らかにもっと時間がほしそうな者も何人かいたが、あえて長引かせることはしなかった。最後に、終始みごとな司会役を務めてきたマカンドルーズが、〈プロメテウス〉とそのクルーの成功を祈って乾杯の音頭をとった。

そのあとは七〇年代後半に大流行した、おだやかで懐かしいリズムに合わせてダンスがくり広げられた。ダークは、お世辞にもダンスが上手とはいえないが、ミセス・マシューズをはじめとする職員の奥方たちを相手に何度かおぼつかない踊りを披露したあと、筋肉の協調性が欠けるようになってきて、そろそろ切りあげたほうがいいと判断した。そのあとはすわって成り行きを見まもり、おおらかな気持ちで自分の友人たちはなんとすてきな人々だろうと思ったり、ちょっとばかり多めに〝燃料〟を積みすぎたらしい踊り手に気づくと、軽く舌打ちしたりしていた。

深夜零時ごろだったにちがいない。ふと気がつくと、だれかに話しかけられていた（もちろん、眠ってはいなかった。だが、ときおり目をつぶると元気をとりもどせたのだ）。のろのろと向きを変えると、背の高い中年の男が、隣の椅子から面白そうにこちらを見ていた。驚いたことに、男は夜会服を着ておらず、その事実を気にしていないようだった。

「あなたの友愛会バッジが目にはいりまして」と自己紹介の口調で相手がいった。「わたし自身はシグマ・クシー会員です。今晩カリフォルニアから帰ってきたばかりで――ディナーには間に合いませんでした」

それなら服装の説明がつく、と推理の冴えにわれながら満足しながら、ダークは思った。握手をし、同郷のカリフォルニア人に会えてうれしいと挨拶する――もっとも、相手の名前は聞きもらしたが。メイスンとかなんとかのような気もするが、べつにたいしたことじゃない。

しばらくアメリカの情勢について論じ、民主党が政権を奪還する見こみについて推測をめぐらせた。ダークは自由党がまたしても決定権を握るだろうと主張し、三党制の長所と短所についていくつか卓抜な論評を加えた。なんとも奇妙なことに、相手は彼のウィットに感心したようすもなく、話題をインタープラネタリーにもどした。

「こちらにはそれほど長くないんでしょう？　仕事ははかどっていますか？」

ダークは長々と話した。自分の仕事を説明し、その範囲と重要性を大げさにいい立てた。この仕事が完成したあかつきには、いまからあとの時代すべてと、居住可能な惑星すべては、宇宙の征服というものが、それを達成した時代にとってどんな意味を持っていたのか、正確に理解するだろう、と。

相手はひどく興味をそそられたようだったが、その声には面白がっているようなひびきがあり、ダークとしてはやさしく、だが、きっぱりと叱責してもよかった。

「技術畑との接触はうまくいっていますか？」と男がたずねた。

「じつをいうと」ダークは悲しげに答えた。「この一週間、それをなんとかしようと思っていたんです。でも、科学者はおっかなくて。それに、マシューズがいます。とても力になってくれるんですが、わたしがするべきことを自分の考えで決めてしまうんです。彼の気持ちを傷つけたくないし」

それは情けないほど弱々しい弁明だったが、多くの真実がふくまれていた。マシューズはなにごともすこし完璧すぎるほど計画を立てるのだ。

マシューズのことを考えているうちに記憶がよみがえり、ダークは不意に重大な疑惑にとらわれた。相手を注意深く見て、二度とその手は食わないぞと決意する。

ととのった横顔と、知性を感じさせる秀でた額が人に安心感をあたえるが、いまやダークも駆けだしではないので、そんなことでは騙されなかった。相手の問いをはぐらかす自分のやり方には、マシューズだって満足するだろう。もちろん、気の毒ではある。相手は同じアメリカ人だし、〝特ダネ〟を探してはるばるやってきたのだから。それでも、いま自分が真っ先に忠誠を捧げるのは、パーティーの主催者のほうなのだ。

このままでは埒が明かない、と相手にもわかったにちがいない。というのも、じきに立ちあがり、謎めいた笑みをダークに向けたからだ。

「たぶん」と別れぎわに彼はいった。「技術畑の適当な人々と接触させてあげられると思います。明日、内線の三番に電話してください――お忘れなく――三番ですよ」

そういうと男は立ち去り、ダークはひどく混乱した精神状態でとり残された。自分の心配は的はずれだったらしい。けっきょく、いまの男はインタープラネタリーに所属しているのだ。まあ仕方がない、ああするしかなかったのだ。

つぎのはっきりした記憶は、ロビーでマシューズにおやすみをいっていたことだ。マシューズはいまだに辟易するほど快活で、エネルギッシュであり、パーティーの成功に大いに気をよくしていた――もっとも、ときおり心配のあまりめまいを起こしたようだが。

「あのホーンパイプ踊りのうちに」と彼はいった。「床がぬけると本気で思いましたよ。そうなったら、宇宙の征服がすくなくとも五十年は遅れたのがおわかりですか？」

ダークはそのような形而上学的な思索にはとりたてて興味をおぼえなかったが、眠たげな声でおやすみをいったとたん、正体不明のカリフォルニア人のことを不意に思いだした。

「ところで」と彼はいった。「もうひとりのアメリカ人と話をしましたよ――最初はジャーナリストだと思ったんですが。街に着いたばかりで――あなたも見たはずですよ――夜会服を着ていませんでした。明日、内線の何番だかに電話してくれといわれました。だれだかわかりますか？」

マシューズがまばたきした。

「またべつのジャーナリストだと思ったんですって？　わたしの忠告を憶えていてくれたんですね」

「ええ」とダークは誇らしげに答えた。「彼にはなにひとつ教えませんでした。でも、それでよかったんでしょう？」

マシューズは彼をタクシーに押しこむと、ドアを閉めた。窓ごしに身を乗りだして、別れの言葉を告げる。

「ええ、それでよかったんですよ。たかがマクストン教授ですから、副長官の。帰って、ぐっすりお眠りなさい！」

2

ダークはランチに間に合う時刻にはなんとかオフィスに着いた——食事はあまり人気がないようだった。これほど閑散とした食堂を見るのは、はじめてだった。

内線三番に電話をかけ、おずおずと自己紹介したとき、マクストン教授は電話があったことを喜んだらしく、すぐに来てくれといった。副長官のオフィスはサー・ロバート・ダーウェントの隣で、荷造りしたケースに埋もれそうになっていた——ただちにオーストラリアへ送る特別なテスト装置がはいっているのだ、と彼は説明した。ふたりの会話は、汗だくで装置を点検している助手たちに教授が指図したり、指図をとり消したりするために、たびたび中断された。

「昨夜はちょっと無愛想だったとしたら、申しわけありませんでした」とダークは謝った。

「じつは、すこしはめをはずしまして」

「そんなところだと思った」と、あっさりとマクストン。「けっきょく、きみはわたしより何時間も先にはじめたんだからね！　おい、このまぬけ、その記録装置を逆さまにして運ぶんじゃない！　申しわけない、アレクスン、きみにいったわけじゃない」

ひと息ついて、

「まったく忌々しい仕事だよ――なにが必要になるのかわからないし、けっきょくは肝心なものを置いていってしまうのがオチなんだから」

「これをなんに使うんですか？」とダーク。ずらりと並んだピカピカ光る機材や、生まれてからいちども見たことがないほど大量の真空管の眺めに、すっかり気を呑まれていたのだ。

「検死用の装置だよ」とマクストンが簡潔にいった。「〈アルファ〉の主要な計器の数値は、地球へ送られてくる。なにか事故があったら、すくなくとも、なにが起きたかはわかるわけだ」

「昨夜のお祭り騒ぎのあとだと、あまり景気のいい話ではありませんね」

「まったくだ。しかし、実利的な話ではあって、多くの人命を救うばかりか、数百万ドルの節約にもなるんだよ。きみの仕事について、アメリカでいろいろと聞いて、たいへん興味深いアイデアだと思った。だれの発案だね？」

「ロックフェラー財団――歴史記録部門です」

「世界を形作るのに科学が大事な役割を果たすことを、ようやく歴史家が理解したかと思うとうれしいね。わたしが子供だったころ、歴史の教科書は軍事入門書でしかなかった。

つぎに経済的な決定論者がその分野を牛耳った——そのあと新フロイト主義者が彼らを粛正した。われわれはその連中を抑えこんだばかりだ——とうとうバランスのとれたものの見方ができるようになると思いたいね」

「それこそが、わたしのめざしているものです」とダーク。「インタープラネタリーを創設した人間は、ありとあらゆる動機に突き動かされていたにちがいありません。それをできるだけ解明し、分析したいのです。事実のほうは、マシューズがほしい材料をすべて用意してくれています」

「マシューズだって？ ああ、広報部のあの男か。連中は、自分たちがここを仕切っているつもりでいる——連中に吹きこまれたことは、なにひとつ信じてはいけない。とりわけ、われわれに関しては」

ダークは笑い声をあげた。

「インタープラネタリーは、ひとつの幸福な大家族だと思っていましたよ！」

「おおむね、かなりうまくやっているよ。とりわけ上層部は。すくなくとも、外の世界に対しては統一戦線を組んでいる。職能別では、科学者はほかのだれよりも協力しあうと思う。とりわけ共通の目標があるときは。しかし、個性のぶつかり合いはかならずあるし、技術畑の人間と技術畑以外の人間とのあいだに、対抗意識が生まれるのは避けられないようだ。悪気のない冗談にすぎないときもあるが、ある程度の恨みが背後に隠れていることもしばしばだ」

マクストンがしゃべっているあいだ、ダークは彼を注意深く観察していた。第一印象が裏づけられた。副長官は明らかに聡明なだけではなく、幅広い教養と思いやりの持ち主でもあった。同じくらい聡明だが、ずけずけとものをいう同僚サー・ロバートと、この人はどうやってうまくやっているのだろう、とダークは不思議だった。これほど対照的なふたつの人格は、意気投合するか――まったく反りが合わないかのどちらかだろう。

五十歳のマクストン教授は、一般に世界の指導的な原子力工学者とみなされていた。航空機用の核推進システムの開発において主要な役割を演じ、〈プロメテウス〉の駆動装置は、彼の設計に全面的に拠っていた。産業界から引く手あまたのこういう人物が、雀の涙ほどの給料で自分からここで働いているという事実は、ダークにはきわめて重要な点に思えた。

マクストンは、ちょうど通りかかった二十代後半の金髪の青年に声をかけた。

「ちょっと来てくれ、レイ――べつの仕事を頼みたいんだ！」

青年は悲しげな笑みを浮かべて近づいてきた。

「むずかしい仕事でないといいなあ。今朝はちょっと頭痛がするんです」

副長官はダークに白い歯を見せたが、内心で葛藤したあと、なにかいうのを思いとどまったのは明らかだった。

ふたりを手短に引き合わせる。

「アレクスン博士――こちらはレイ・コリンズ、わたしの直属の助手だ。レイの専門は超力学――つまり超音速空力学を短く、ただし、ほんのすこし短くした略称だよ、念のためにいっておけば。レイ――アレクスン博士は歴史の専門家だ。と聞けば、ここでなにをしているんだろうと疑問が湧くだろうな。彼は宇宙航行学のギボンになろうとしているんだよ」

「『インタープラネタリー衰亡史』にならないといいんですがね！　はじめまして」

「技術的な質問に関して、アレクスン博士に力を貸してやってほしい。マカンドルーズの悪党どもの魔手から救いだしたばかりだから、おそらく彼は、いろいろとおかしな考えを吹きこまれているだろう」

副長官は周囲の混乱ぶりをざっと見まわし、自分が腰かけていた不安定な荷物の山を助手たちが崩しているのに気づいて、べつの荷物ケースへと移動した。

「説明したほうがいいだろう」と言葉をつづけ、「もう知っているだろうが、われわれのささやかな技術帝国には、主に三つの部門がある。ここにいるレイは飛行力学の専門家のひとりだ。最小限の摩耗で船を安全に大気圏を――行きも帰りも――通過させる仕事にかかわっている。彼の部門は、大気圏など邪魔物にすぎないと思っている宇宙狂たちに見下されていたものだ。空気を――すくなくとも旅の最初の段階では――無料《ただ》の燃料として使う方法を教えてやったから、いまでは連中の態度も変わっているがね」

それは、ダークにはきちんと理解できない百ほどの問題点のひとつだった。彼は内心でメモをとり、質問リストの先頭に置いた。

「つぎに天文学者と数学者がいて、自分たちだけで結束力の強い、小さな同業者組合を結成している――もっとも、計算機をあつかう電子工学のエンジニアたちにだいぶ縄張りを侵されているが。もちろん、彼らは軌道を計算したり、恐ろしく範囲の広い数学的な雑用をこなさなくてはならない。サー・ロバート自身が、この方面の責任者だ。

最後に、ロケット工学者たちがいる。彼らに祝福あれ。ここではあまり見かけないだろう。ほぼ全員がオーストラリアにいるからね。

ざっと、こういう編成になっているわけだ。ただし、通信や管理部門、医療専門家といったいくつかのグループは省いたがね。さあ、これできみをレイに引き渡すから、面倒を見てもらってくれ」

ダークはそのいいまわしにちょっと鼻白んだ。あまりにも多くの人々が、彼の〝面倒を見て〟きた気がするのだ。コリンズは、そこからあまり遠くない小さなオフィスへ彼を連れていき、ふたりは腰を降ろして煙草をふかした。しばらくもの思わしげに紫煙をくゆらせたあと、空力学者はドアのほうに親指を向けて、こういった――

「ボスをどう思います?」

「わたしにはちょっと先入観がありましてね。同じ州の出身なんですよ。どうやら非の打ちどころがないらしい――技術者として一級であるだけでなく教養もある。ざらにある組み合わせじゃありません。それに、いろいろと力になってくれました」

コリンズは熱心に意見を述べはじめた。

「まさにおっしゃるとおり。上司にするには最高の人物ですし、敵はひとりもいないと思います。サー・ロバートとはまったく対照的ですね。サー・ロバートは、本人のことをろくに知らない人々のあいだに敵が大勢いますから」

「長官にはいちどしかお目にかかったことがありません。どう考えたらいいか、よくわからないんです」

コリンズは笑い声をあげた。

「長官に慣れるには、だいぶ時間がかかりますよ――マクストン教授のような人好きのする魅力がないのはたしかですから。仕事でへまをすれば、長官はあなたの耳を焼き切るでしょう。いっぽう教授は傷ついた顔をして、赤ん坊毒殺の常習犯になった気分を人に味わわせるんです。どちらのやり方も完璧に効を奏しますし、サー・ロバートのことを知るようになれば、だれもが非常な好意を持つようになります」

ダークはすくなからぬ興味を持って部屋をしげしげと眺めた。そこは典型的な小さな製図室で、内部に照明のある現代的なトレース台が一角を占めていた。壁は複雑怪奇なグラろどころ、遠く〈飛び去っていくロケットの目をみはるような写真が、ところどころにはさまっていた。いちばん目立つ場所には、すくなくとも高度千マイルから見た地球の荘厳な姿があった。マシューズが見せてくれた映画のスチール写真だろう、とダークは察しをつけた。コリンズのデスクの上には、まったくべつの種類の写真があった――ランチのとき一、二度見かけた憶えのある、たいへんきれいな娘の肖像写真だ。コリンズはダークの興味の対象に気づいたにちがいないが、なにも説明しないので、コリンズはまだ未婚で、自分と同じように楽天的な独身者なのだろう、とダークは推測した。

「たぶん」と、じきに空力学者がいった。「われわれの映画、『宇宙への道』をご覧になってますね？」

「ええ、非常にいい出来だと思いました」

「あれのおかげで説明をだいぶはしょれますし、基本的なアイデアは明快に伝わります。でも、もちろん、いまではちょっと古くなっていますから、たぶんあなたは、最新の進歩についてはまだ知らないも同然でしょう――とりわけ〈プロメテウス〉の原子力エンジンについては」

「そのとおりです」とダーク。「わたしにはまったくのチンプンカンプンですよ」

コリンズはとまどい顔で口もとをゆがめた。

「そこなんですよ、ぼくらにわからないのは」と不平をもらし、「技術的な観点からすれば、だれもが申し分なく理解している内燃機関よりも、このほうがはるかに単純です。でも、どういうわけか、原子力エンジンは理解不能にちがいないと人は決めてかかるので、理解しようという努力さえしません」

「努力はしますよ」ダークは笑い声をあげた。「理解できるかどうかは、あなたしだいです。でも、どうかお忘れなく――わたしとしては、出来事についていけるだけの知識があればいいんです。宇宙船の設計者として身を立てるつもりはないんですから！」

3

「さて」コリンズがすこし心もとなげにいった。「あなたがごくふつうのロケットと、それが真空で飛ぶ仕組みを理解していると考えていいんですね？」

「大量の物質を大きな速度で投げだせば、反動があるくらいは知っていますよ」とダークは答えた。

「それならけっこう。ロケットには〝なにか押しやるもの〟が必要だと考えていて、かならずそういいだす人間がいっこうに減らないのは驚くばかりです。それなら、ロケット設計者が、機体を推進させる噴射から、つねに可能なかぎり最大の――そしてすこし余計に――速度を得ようとしていることはおわかりですね。明らかに、排気のスピードがロケットの獲得する速度を決めるのです。

V2号のようなむかしの化学ロケットは、毎秒一、二マイルの噴射速度をそなえていました。この性能では、一トンの荷重で月まで往復するには、数千トンの燃料が必要になり、実用的ではありません。だれもが求めていたものは、重さのない燃料源でした。原子反応は、化学反応の百万倍以上も強力であり、求めていたものを実質的にあたえてくれました。最初の原爆のなかにあった数ポンドの物質が放出したエネルギーは、一千トンのものを月まで持っていき――持ち帰れたでしょう。しかし、エネルギーは解放されたものの、それをどうやって推進力に使うのか、たしかなところはだれにもわかりませんでした。このささやかな問題は解決されたばかりで、われわれがいま持っている、ひどく効率の悪い原子力ロケットを作るのに、三十年もかかりました。

こういう観点から問題を見てください。化学ロケットでは、燃料を燃焼させて推進用の排気を生みだし、ノズルを通してその高温のガスを膨張させることで速度を獲得します。いい換えれば、熱を速度に変換するわけです――燃焼室が熱ければ熱いほど、噴流《ジェット》は速くなります。じっさいに燃料を燃焼させなくても、代わりに外部の熱源から燃焼室を加熱してやれば、同じ結果が得られるでしょう。いい換えれば、お好みのガス――空気でもかまいません――を加熱装置に注入し、ノズルを通して膨張させれば、ロケットになるわけです。ここまではいいですか？」

「ええ、いまのところは単純明快です」

「よろしい。さて、ご存じのとおり、物質をどんどん濃縮していけば、原子炉から好きなだけ熱を手に入れられます。もちろん、やりすぎれば、炉が溶融して液体ウランのぬかるみになり、表面に炭素がぶくぶくと浮いてくることになるでしょう。そういうことが起きるずっと前に、正気の人間だったら地平線の彼方に避難するでしょうが」

「つまり、原爆みたいに爆発するってことですか?」

「いや、そんなことはありえません。しかし、近寄れない放射能炉というものは、おとなしくしていても同じくらい厄介なものです。おやおや、そんなに怯えた顔をしないでください――ごく初歩的な予防措置をとれば、そういうことは起きませんから。

したがって、ガス流を非常に高温に――すくなくとも摂氏四千度まで加熱する、なんらかの原子炉を設計しなければなりません。既知の金属は、これよりはるかに低い温度で溶けるものばかりですから、この問題はちょっとした頭痛の種だったんです!

われわれの出した答えは、〝線焦点反応炉〟と呼ばれるものです。これは細長いプルトニウム炉で、いっぽうの端にガスが注入され、なかを通過するさいに加熱されます。最終的には中心核を持つ超高温のガスができて、周囲からそこへ熱を集中させる、いい換えれば焦点を結ばせることができます。中心部でジェットの温度は六千度以上――太陽よりも熱いわけですが――壁に触れるところでは、その四分の一にすぎません。

これまで、どのガスを使うかはいいませんでした。おわかりだと思いますが、軽ければ軽いほど――厳密にいえば、分子量が小さければ小さいほど――エンジンから出てきたときの速度が大きくなります。水素はあらゆる元素のなかでいちばん軽いわけですから、理想的な燃料になるでしょう。次点はヘリウムですね。ところで、説明しておいたほうがいいと思いますが、われわれはまだ〝燃料〟という言葉を使っています。たとえじっさいには燃焼させせず、作業流体として使うだけであっても」

「そこのところが腑に落ちないんです」とダークは白状した。「むかしの化学ロケットには自前の酸素タンクがあったのに、いまの機体にはそんなものはないとわかると、ちょっと面食らいますね」

コリンズは笑い声をあげた。

「ヘリウムだって〝燃料〟として使えるんです。もっとも、まったく燃焼しませんが――それどころか、どんな化学反応も起こしません。

さて、水素はいわば理想的な作業流体ですが、持ち運ぶことのできないしろものです。液体の状態では途方もなく低い温度で沸騰しますし、あまりにも軽いので、宇宙船はガスタンクなみに大きな燃料タンクを持たなければならないでしょう。したがって炭素と結合した液体メタン――CH_4――の形で持ち運びます。これならあつかいにくくありませんし、それなりに密度がありますから。反応炉のなかで、それは炭素と水素に分解します。炭素はちょっと厄介もので、装置を詰まらせやすいのですが、これぱっかりは仕方がありません。ときどきメイン・エンジンを切り、酸素を吹きつけてエンジンを洗い、炭素をとりのぞきます。みごとな花火が見られますよ。

以上が宇宙船のエンジンの原理です。その排気速度は、どんな化学ロケットよりも三倍は速いんですが、それでもやはり膨大な量の燃料を積まなければなりません。さらに、これまで触れなかった問題がほかにいくらでもあります。最悪なのは、原子炉の放射線からクルーを遮蔽することでした。

〈プロメテウス〉の上部構成部である〈アルファ〉は、重量が約三百トンありますが、そのうち二百四十トンが燃料です。もし地球周回軌道から出発すれば、予備の燃料をわずかに残す状態で、月に着陸して帰ってこられます。

ご存じのとおり、それを〈ベータ〉によってその軌道まで運びあげなければなりません。〈ベータ〉は途方もなく重い超高速の全翼機で、動力はやはり原子力ジェットです。飛び立つときは空気を〝燃料〟とするラムジェットで、大気圏の最上層を離脱したとき、はじめてメタン・タンクに切り替えます。おわかりでしょうが、旅の第一段階に使用する燃料を積まなくてもいいとすると、ものごとは計り知れないほど楽になります。

離昇時に〈プロメテウス〉の重量は五百トン。あらゆる飛行機械のうちでもっとも速いだけではなく、もっとも重い機体でしょう。空に舞いあがらせるために、ウェスティングハウス社が砂漠に全長五マイルの電気式打ち上げ軌道を建設してくれました。船本体に迫るほど費用がかかりましたが、もちろん、何度もくり返し使われることになるのです。

では、まとめてみましょう。ふたつの機体はいっしょに打ち上げられ、空気が薄くなりすぎて、ラムジェットがもう作動しなくなるまで上昇します。その時点で〈ベータ〉は自前の燃料タンクに切り替え、高度約三百マイルで周回速度に達します。もちろん、〈アルファ〉はまだ燃料をまったく使っていません——じつは、〈ベータ〉に運びあげられるとき、そのタンクはからっぽに近いのです。

すでに軌道を周回させてあった燃料タンクに、ひとたび〈プロメテウス〉が到達すると、二隻の船は分離します。〈アルファ〉はパイプラインでタンクとつながり、燃料をとりこみます。この種の作業はすでに実行ずみで、可能だということはわかっています。軌道上燃料補給と呼ばれていて、計画全体の肝心要の部分です。なぜかというと、おかげで作業を何段階かに分けて進められるからです。一隻の巨大な宇宙船を建造し、燃料をいちどに積んで月まで往復させようというのは、とうてい無理な相談です。

〈アルファ〉のタンクがいっぱいになれば、エンジンを点火して、さらに秒速二マイルを加え、軌道から離脱して、月へ向かいます。四日後に月へ到達し、そこに一週間とどまってから帰還し、前と同じ軌道に乗ります。クルーは、退屈しきったパイロット(彼が世間の注目を集めることはないでしょう)を乗せて、まだ辛抱強く地球をまわっていた〈ベータ〉に乗り移り、地球へ降りてきます。以上があらましです。単純明快でしょう?」

「何年も前に実行されてないのが不思議に思えますね」とダークは笑い声をあげた。「計画のほ

「いつもそういわれるんですよ」コリンズがうんざりしたふりをしていった。

ぼあらゆる段階で克服しなければならない難問があったわけですが、部外者にはおいそれと理解してもらえません。そこに時間と金が注《つ》ぎこまれたんです。この三十年間に進められた世界じゅうの研究がなかったら、いまでも不可能だったでしょう。われわれの仕事の大部分は、他人の仕事の結果を集め、われわれの用途に合わせて応用することでした」

「〈プロメテウス〉には」とダークが考えこむようにいった。「どれくらいの費用がかかったんです？」

「答えの出しようがありません。一九二九年にまでさかのぼる、二世代におよぶ世界じゅうの実験室の研究が、この機体に活かされています。原爆計画の費用二十億ドル、ドイツ人がペーネミュンデに注ぎこんだ数億マルク、英国政府がオーストラリアの試射場に費やした数千万ポンドもふくめるべきです」

「同感です。でも、〈プロメテウス〉本体にじっさいにかかった金額は、見当がつくんじゃありませんか」

「まあ、その場合でも、金には換えられないような技術的援助——それに機材——を無償で提供してもらいましたからね。とはいえ、マクストン教授がかつて計算したところだと、船にかかった費用は、研究におよそ一千万ポンド、じっさいの建造に五百万でした。つまり、だれかが指摘したように、われわれは一平方マイル当たり一ポンドで月を買っていることになるんです！　これなら大金には思えないでしょう。もちろん、このあと船ははるかに安あがりになるでしょう。ちなみに、最初の旅の映画化権とラジオ放送権で、費用の大部分は回収できるはずですよ！　でも、とにかく、金のことなんか気にしなくていいじゃないですか」

彼の目は遠い地球の写真のほうにさまよった。その声は急にもの思わしげなひびきを帯びた。

「われわれは全宇宙の自由と、それが意味するすべてを獲得しつつあります。その値打ちをポンドやドルに換算できるとは思いません。長い目で見れば、知識はかならず現金の形でもどってきます——しかし、それでも絶対に金には換えられないんです」

マクストン教授やレイモンド・コリンズとの出会いは、ダークの思考はおろか、生き方においても無意識のうちに重大な転機となった。勘ちがいかもしれないが、マカンドルーズとマシューズが受け売りしていたアイデアの源泉を、ようやく見つけだした気がしたのだ。

4

副長官ほど、小説に出てくる冷静沈着な科学者とは似ても似つかない者はいないだろう。第一級の技術者であるばかりか、自分の仕事の意義を熟知しているのは明白だった。彼を、そして彼の同僚たちをこの分野へ導いた動機を解明するのは、魅力的な研究になるだろう。ダークの出会った人々の場合、個人的な権力の追求という動機では、説明がつきそうになかった。希望的観測は慎まなければならないが、この人たちは私心がないように見え、それは非常にすがすがしく思えた。インタープラネタリーは伝道師的な熱意に突き動かされていたが、技術的な才能とユーモアのセンスのおかげで狂信におちいるのを免れていた。

ダークは、新しい環境が自分の性格におよぼしている影響について、まだはっきりとは気づいていなかった。遠慮がちなところはすくなくなっていた。見知らぬ人に会うと思っても——このあいだまでは軽い不安や、すくなくともわずらわしさをおぼえたのだが——もうまったく気後れしなかった。生まれてはじめて、彼は死んだ過去を解釈するだけではなく、未来を築いている者たちの仲間となったのだ。傍観者にすぎなかったが、彼らの感情を分かちあい、彼らの勝利と敗北に一喜一憂しはじめていたのである。

「マクストン教授とその部下には強い感銘を受けた」と、その夜ダークは日記に書いた。「彼らは、これまで会ってきた技術畑ではない人々よりも、インタープラネタリーの目的について、はるかに明確で広い視野を持っているようだ。たとえばマシューズは、われわれが月へ到達したときに生じる科学の進歩についてロ癖のように語っている。ひょっとしたら、そんなことは当たり前だと思っているからかもしれないが、科学者自身は文化や哲学への影響のほうに関心をいだいているようだ。しかし、典型ではないかもしれない二、三の事例を一般化してはならない。

いまや組織全体をかなりはっきり見通せるようになった気がする。あとはもっぱら肉づけの問題であり、それはメモや、集めてきた大量の複写資料を基にすればできるはずだ。わけのわからない機械が動いているところを見学している部外者という印象は、もはやなくなった。じつをいえば、いまでは組織の一部になった気さえするのだ——もっとも、深くのめりこみすぎてはいけない。中立でいるのは不可能だが、多少の距離はとらなければならないのだ。

いままで、宇宙飛行に関してさまざまな疑いを持ち、判断を保留してきた。無意識のうちに、それは人間の手にはあまるものだと感じていたのだ。パスカルのように、無限の宇宙の沈黙と虚無に怯えていたのである。いまは、それがまちがいだったとわかる。

わたしが犯したのは、過去にしがみつくという、むかしながらの過ちだった。今日わたしが会った男たちは、わたしが千マイル単位で考えるように、百万マイル単位で自然に考える者たちだった。かつて千マイルが理解を絶する距離だった時代がある。いまそれは、食事と食事のあいだに行ってこられるへだたりだ。このスケールの変化がふたたび起ころうとしている――それも前例がないほど急激に。

惑星は、われわれの心がそう仕向けているほど遠くはない――いまならそれがわかる。〈プロメテウス〉が月へ到達するには百時間がかかり、そのあいだずっと〈プロメテウス〉は地球と交信をつづけ、世界じゅうの目がその船に集まるだろう。過去の偉大な航海が数週間、数ヵ月、数年がかりだったことにくらべれば、惑星間飛行がなんとつまらないものに思えることか！

なにもかもが相対的なのだ。そしてわれわれの精神が、いま地球を思い描くのと同じように、太陽系を思い描く時代がきっと来る。そのとき、科学者たちが考えこんだ顔つきで星々に目を向けていれば、多くの者がこう叫ぶだろう――『恒星間飛行などいらない！

祖父たちには九つの惑星でじゅうぶんだった。われわれにもじゅうぶんだ!』と」ダークは笑みを浮かべてペンを置き、心を空想の領域にさまよわせた。人間はこの途方もない挑戦に応じて、星々のあいだに広がる深淵に船を送るのだろうか? かつて読んだ文章が思いだされた――「惑星間の距離は、日常生活で慣れている距離の百万倍は大きい。だが、恒星間の距離は、その百万倍も大きいのだ」。そう思うと彼の心はひるんだが、それでも先ほどの文章にしがみついた――「なにもかもが相対的なのだ」。数千年のうちに、人間はコラクル(柳の小枝で作った骨組みに防水布・獣皮などを張った小舟)から宇宙船まで来た。前途に横たわる数十億年のうちに、人間はなにをしてのけるのだろう?

5

いまや世界じゅうの耳目を一身に集めている五人の男が、みずからを途方もない科学的ギャンブルに命を賭ける大胆不敵な冒険者だとみなしているといったら、嘘になるだろう。彼らはひとり残らず実際的で冷静な技術者であり、なんらかのギャンブルに参加するつもりは毛頭なかった――すくなくとも、自分たちの命のかかわるところでは。もちろん、リスクはある。だが、シティ行きの八時十分発をつかまえるときだって、リスクはつきものなのだ。

この一週間の世間の注目には、それぞれが自分なりに反応した。それは予想されたことであり、すっかり覚悟ができていたのだ。ハッセルとルデュックは以前にも大衆の目にさらされたことがあり、その経験を楽しむいっぽう、不愉快な面を避けるすべを知っていた。クルーのほかの三人は、いきなり名声を押しつけられて、おたがいを守ろうと身を寄せあう傾向があった。この対応は致命的だった。記者たちの好餌になったからである。

クリントンとテインはまだインタヴューにあまり慣れていないので、その経験を楽しむことができたが、カナダ人の同僚ジミー・リチャーズは、大のインタヴュー嫌いだった。彼の返答は――はじめのうちは協力しない程度だったが――時間がたち、同じ質問にくり返し答えるのにうんざりしてくるにつれ、どんどんぶっきらぼうになっていった。ある有名な機会には、格別に横柄な女性記者に悩まされて、そのふるまいはとうてい立派なものとはいえなくなった。あとでルデュックがいいふらした説明によれば、そのインタヴューはこんな具合だったという――

「おはようございます、ミスター・リチャーズ。〈ウェスト・ケンジントン・クラリオン〉の者ですが、いくつか質問してもよろしいでしょうか？」

リチャーズ（うんざり顔だが、それでもかなり愛想よく）――「どうぞどうぞ。ただし、数分したら妻と会う約束がありますが」

「結婚されて長いのですか？」

「十二年くらいです」

「まあ。お子さんは？」

「ふたり。どっちも女の子です、わたしの記憶が正しければ」

「あなたがこんなふうに地球から飛び立つことに、奥さまは賛成なさってますか？」

「賛成したほうが身のためですね」

（間。そのあいだにインタヴュアーは、今回にかぎっては、速記を知らないのが不利にならないとさとる。）

「あなたはむかしから星の世界へ出ていき――あ――ほかの天体に人類の旗を打ち立てたいという衝動を感じていらしたのですか？」

「いいえ、ちっとも。二年前まで考えたこともありませんでした」

「それなら、どうしてこの飛行に選ばれたのですか？」

「わたしが世界で二番目に優秀な原子力工学者だからです」

「一番目は？」

「マクストン教授。もったいなくて、危険にはさらせません」

「不安を感じておられますか？」

「ええ、感じています。蜘蛛が怖いし、直径一フィート以上のプルトニウムのかたまりが怖いし、夜中に音をたてるものはなんでも怖いですね」

「お訊きしたかったのは――つまり、この旅に不安を感じるか、ということです」

「怖くてたまりませんよ。ほら――震えているのが見えるでしょう」（実演。家具に軽微な損傷。）

「月でなにが見つかるとお思いですか？」

「大量の溶岩。それぐらいしかないでしょう」

（インタヴュアーは追いつめられたような顔をして、いまやはっきりとインタヴューを終わらせにかかっている。)

「月で生命が見つかるとお思いですか?」

「きっと見つかります。着陸したとたん、ドアがノックされて、こういう声が聞こえるでしょう——『〈セレナイツ・ウィークリー〉の者ですが、いくつか質問してもよろしいでしょうか?』とね」

もちろん、すべてのインタヴューが、この目にある例のようだったわけではないし、公平を期すためにいっておけば、一から十までルデュックのでっちあげだとリチャーズは断言している。インタープラネタリーを取材する記者の大部分は、ジャーナリズムの世界に身を投じた科学の学士号の所有者だった。彼らの仕事は報われないものだった。新聞業界はえてして彼らを侵入者とみなすいっぽう、科学者は変節漢や落伍者とみなすからだ。

ひょっとしたら、クルーのうち二名が交替要員であり、地球にとどまる運命にあるという事実が、なによりも大衆の興味をそそったのかもしれない。しばらくのあいだ、十通りの可能な組み合わせについて推測することが大流行し、賭け屋《ブックメーカー》たちがその問題に興味を示しはじめた。ハッセルとルデュックはふたりともロケット・パイロットなので、片方が選ばれても両方が選ばれることはない、というのが大方の見るところだった。この種の議論は本人たちに悪影響をおよぼしかねないので、そんな議論には根拠がないと長官は明言した。訓練のおかげで、どの三人であろうと、有能なクルーを編成できるのだ、というわけだ。彼は確約はせずに、最後はくじ引きで決めるしかないかもしれないとにおわせた。すくなくとも五人に関するかぎり、これを本気で信じる者はいなかった。

ハッセルがまだ生まれていない息子のことで頭がいっぱいだということは、いまや常識の部類だった——それでも事態は改善されなかった。それは頭の片隅にあるかすかな気がかりとしてはじまり、長いあいだ抑えておくことができた。しかし、週を重ねるにつれ、どんどん彼を悩ませるようになり、やがて能力の低下を招きはじめた。それに気づくと、ますます心配が大きくなり、こうして悪循環に勢いがついたのだった。

ハッセルの不安は自分ではなく、愛する者に関するものだったし、論理的な根拠もあったので、心理学者にも手のほどこしようがなかった。彼のような気性と性格の男に、遠征を辞退しろとはいえなかった。彼らには観察することしかできなかった。そしてハッセルは、観察されていることをいやというほど知っていた。

6

〈大移動〉前の数日間、ダークはほとんどサウスバンクにいなかった。そこで仕事をするのは不可能だった。オーストラリアへ行く者たちは荷造りや身辺整理に大わらわで、いっぽう行かない者たちは、協力する気をすっかりなくしているようだった。マシューズも犠牲者のひとりで、彼は自分を抑えられない質《たち》だった。マカンドルーズが彼を責任者として残すことにしたのだ。それはしごくもっともな措置だったが、ふたりはもはや口をきかない間柄だった。ダークはふたりと顔を合わせずにすんで、大いにほっとした。彼が科学者の側へ寝返ったことで、ふたりがすこしばかり動揺をきたしていたから、なおさらだった。

顔を合わせないという点では、マクストンとコリンズも同じだった。技術部門は組織化された大混乱の状態にあったからだ。なにもかもがオーストラリアで必要になると判断されたようだった。サー・ロバート・ダーウェントただひとりが、混乱のさなかで満足しきっているらしかった。そしてある朝、長官から呼びだしを受けてダークはすこしばかり驚いた。たまたま、本部にいる数日のうちの一日に当たっていた。長官と面会するのは、ここに到着した日に短く紹介されて以来だった。

サー・ロバートについて聞かされた数々の逸話を脳裏に浮かべながら、ダークはおずおずと部屋にはいった。長官はおそらく彼の気後れに気づき、ピンときたのだろう。というのも、握手して椅子を勧めたとき、その目にはよそよそしい光があったからだ。

その部屋は、ダークがサウスバンクで見てきた、ほかの多くのオフィスとあまり変わらない大きさだったが、建物の角にあるおかげで、比類ない眺めを誇っていた。チャリング・クロスからロンドン橋まで、エンバンクメントの大半を一望できるのだ。

サー・ロバートは、時間を無駄にせず用件にはいった。

「マクストン教授から、きみの仕事のことは聞いている。たぶん、われわれはひとり残らずきみの採集瓶のなかでジタバタしながら、後世の人間が調べられるように、ピンで留められるのを待つばかりなんだろうね」

「サー・ロバート」ダークはにっこりした。「最終的にできあがるものが、そういう固定されたものにならないことを願っています。わたしがここにいるのは、もっぱら事実ではなく、影響や動機を記録するためなのです」

長官は考えこむようにデスクを指でたたいてから、静かな声でいった。

「それならどんな動機が、われわれの仕事の裏にあるというのだね？」

その質問は単刀直入もいいところだったので、ダークはすくなからずぎょっとした。

「それは非常に複雑です」彼は弁解口調でいいはじめた。「とりあえず、二種類に分けられます――物質的なものと精神的なものに」

「それ以外のカテゴリーを思い描くことは、相当にむずかしいのではないかね」と、おだやかな口調で長官。

ダークはちょっと決まり悪げに口もとをほころばせた。

「ひょっとしたら、すこし包括的すぎたかもしれません。わたしがいいたいのは、こういうことです――惑星間旅行のアイデアを最初に真剣に提案した者たちは、ある夢に恋をしていた空想家でした。彼らが技術者でもあったという事実は重要ではありません――彼らは、本質的には科学を使って新しいものを創造する芸術家だったのです。宇宙飛行に実用的な使い道を思いつかなかったとしても、やはり成しとげたいと願ったでしょう。

彼らの動機は、先ほどの言葉を使えば、精神的なものでした。ひょっとしたら〝知的〟といったほうがいいかもしれません。それ以上は分析できません。なぜなら、それは根源的な人間の衝動――好奇心という衝動の表れだからです。物質的な面についていえば、いまや大規模な新産業と新たな工学的プロセスという展望が開けていますし、年商十億ドルの通信会社は、無数の地上局を宇宙空間に浮かぶ二、三基のステーションに置き換えたいと望んでいます。これはウォール街の見方であり、もちろん登場したのはずっとあとになってからでした」

「それで、どちらの動機がここでは優勢だというんだね？」とサー・ロバートが容赦なく言葉を浴びせる。

ダークはいまやすっかりくつろいだ気分になりはじめていた。

「サウスバンクに来る前は、インタープラネタリーのことを――すこしでも考えるときは――科学的な利益を求める技術者の集団だと考えていました。あなた方はそういうふりをしていて、多くの人々を欺いています。いまの説明が当てはまる者は、組織の中間層のなかにはいるかもしれません――しかし、上層部には当てはまらないのです」

ダークは弓を引き絞り、暗闇のなかの見えない的に向けて当てずっぽうに矢を射た。

「インタープラネタリーを運営しているのは――そして、つねに運営してきたのは――たまたま科学者でもある空想家です。なんなら、詩人といってもかまいません。ときどき化けの皮がはがれますが」

しばらく沈黙がつづいた。やがてサー・ロバートが、わずかにふくみ笑いがこもっているものの、いくぶん沈んだ声でいった。

「それは以前にもわれわれに投げつけられたいいがかりだよ。それを否定したことはない。かつてだれかがいったように、人間の営みはすべて遊びの一形態だ。われわれは宇宙船で遊びたがっていることを恥じたりはしない」

「そして遊んでいるうちに」とダーク。「あなた方は世界を変えるでしょう。そして、ひょっとしたら大宇宙を」

彼は新たな理解のもとにサー・ロバートを見直した。その目に映るのは、もはや額の秀でた、あの頑固そうなブルドッグの顔ではなかった。というのも、知識の大海の岸辺で色あざやかな小石を拾う小さな子供に自分をたとえたニュートンの言葉が、不意に思いだされたからだ。

サー・ロバート・ダーウェントは、偉大な科学者の例にもれず、そういう子供なのだ。最後の分析の結果、ダークはこう信じた——彼が宇宙空間を越えようとするのは、光り輝く月の峰々の上で、地球が夜から昼に変わるのを見まもりたい、あるいは、想像を絶するほど壮麗な土星の輪が、もっとも近い衛星の空にかかっているところを、ただひたすら見たいからなのだ、と。

7

今日でロンドン滞在も最後だと思うと、ダークはうしろめたさのまじる後悔の念に駆られた。後悔というのは、この場所を実質的にはなにひとつ見なかったから。うしろめたさというのは、自業自得の面もあると感じずにはいられなかったからだ。目がまわるほど忙しかったのはたしかだが、過去数週間をふり返れば、大英博物館を二度以上、あるいはセント・ポール大寺院をいちどでも訪ねられなかったとは、とうてい信じられなかった。いつまたロンドンを見られるのかはわからない。アメリカにはまっすぐ帰るのだから。

よく晴れていたが、うすら寒い日で、例によってあとになれば雨が降りそうだった。自分のアパートでできる仕事はなかった。書類は残らず荷造りされ、いまこのときも本人に先立って地球を半周する途上にあるからだ。彼は二度と会えそうにないインタープラネタリーのスタッフに別れを告げた。それ以外の者の大半とは、明日の早朝、ロンドン空港で落ち合うことになっていた。ダークとすっかり親しくなっていたマシューズは、いまにも泣きだしそうになり、さんざん言葉の応酬をしてきたサムとバートさえ、オフィスでささやかな送別会を開くといいはった。これを最後にサウスバンクから歩み去るとき、人生でいちばん幸福だった時期のひとつにも別れを告げているのだという感慨がこみあげてきて、胸に痛みが走った。幸福だったのは充実していたからであり、自分の力を出しきったからであり――それにもまして、目的を持って生きている人々の仲間だったからであり、その目的が自分たちよりも偉大だったからである。

　ともあれ、丸一日が空いた形であり、どうやって過ごせばいいのかわからなかった。理屈の上では、そんな状況はあるはずがない。しかし、現にそういうことが起きているようだった。

　レインコートを置いてきてよかったのだろうかと思いながら、彼は静かな広場へはいった。ちょっと用事のある大使館まであと数百ヤードしかなかったが、気が急《せ》くあまり近道をすることにした。結果として、ロンドンをいらだたしくも楽しい場所にしつづけている横丁や袋小路の迷宮のなかでたちまち迷子になった。さいわいにもルーズヴェルト記念碑がちらりと目にはいり、ようやくまた居場所の見当がつくようになった。

　大使館の知りあい何人かと、彼らの行きつけのクラブで悠然とランチをとると、午後の前半がつぶれた。そのあとは自分ひとりで時間を過ごすしかなかった。どこでも好きなところへ行き、いま見そこなったら、かならず後悔しそうな場所を見てもよかった。それでも、落ち着きのない無気力のようなものにとらわれていた彼は、足の向くまま通りを歩きまわる以外には、なにもできないような気がした。太陽がついに空の一角を占めており、うららかな午後となった。裏通りをそぞろ歩き、アメリカ合衆国よりも古い——それでいて「グローヴナー無線・電子工業」とか「プロヴィンシャル航空（有）」といった掲示が出ている——建物に思いがけず行きあたるのは楽しかった。

午後も遅いころ、ハイド・パークにちがいない——とダークは思った——場所にひょっこりと出た。丸一時間、隣接する道路から目を離さないようにしながら、木陰を歩きまわった。アルバート記念碑が見えたときは、どうにも信じかねて、しばらく呆然としていたが、とうとうその金縛りの状態からぬけだし、公園を横断してマーブル・アーチまでもどろうと決めた。

この場所を有名にしている情熱的な演説のことをすっかり忘れていたが、人だかりから人だかりへとさまよいながら、演説者や、それを批判する者の言葉に耳をかたむけるのは、愉快きわまりなかった。英国人が無口で、感情を表に出さないなどという考えは、いったいどこから来たのだろう。

ある演説者と、それを野次る人とのやりとりに、ダークはしばらく聞き惚れた。それぞれが同じくらい熱烈に、カール・マルクスがあることをいった——いや、いわなかった——と主張していた。なにをいったのかは、とうとうわからなかった。いい争っている本人たちもとっくに忘れてしまったのではないだろうか、とダークは思いはじめた。ときおり気のいい見物人たちが声援を送っていたが、その話題に思い入れがあるわけではなく、けしかけているのは明らかだった。

つぎの演説者は、どうやら聖書の助けを借りて、最後の審判の日は近いと証明しようとしているらしかった。ダークは、不安にさいなまれた紀元九九九年の黙示録的予言者たちを連想した。十世紀後、彼らの後継者たちは、一九九九年が終わりに近づくころ、あいかわらず〈怒りの日〉の到来を予言しているのだろうか？　疑いの余地はない。多くの点で、人間の性質はほとんど変わっていないのだ。そのときもまだ予言者はいるだろうし、彼らを信じる者も依然としているだろう。

ダークはつぎの人だかりへ移動した。少人数だが熱心な聴衆が、哲学に関する講義――すばらしく学識豊かな講義だ――をしている初老で白髪の男のまわりに集まっていた。すべての演説者が変人というわけではないのだ、とダークは判断した。この講義をしている男は引退した校長であって、生涯教育に関して一家言あり、やむにやまれぬ思いで市井へ出て、耳をかたむけてくれる者すべてに長広舌をふるっているのかもしれない。

その講義は生命について、その起源と運命についてのものだった。彼の思考は、聴衆と同じように、地球の裏側の砂漠に横たわる、あの有翼の稲妻に影響されていることはまちがいなかった。というのも、生命の奇妙なドラマが演じられる天文学的な舞台について、じきに語りはじめたからだ。

彼は太陽と、それをめぐる惑星の姿をあざやかに描きだし、聴衆の思考を天体から天体へと連れまわした。彼には言葉で絵を描くように表現する才能があり、公認の科学知識だけに基づいているのかどうかダークにはよくわからなかったものの、全体的な印象としてはじゅうぶんに正確だった。

巨大な太陽のもとで火ぶくれを起こしているちっぽけな水星を、彼はゆるやかに波打つ溶けた金属の大海に洗われた、灼熱の岩石の世界として描きだした。地球の姉妹惑星である金星は、うねる雲によって永遠に隠されており、その雲は人間が目をこらしてきた数世紀のうちに、いちども途切れたことがない。そのおおいの下には海洋と森林と奇妙な生命の活動があるかもしれない。あるいは、焼けつくような風の吹きすさぶ、不毛な荒野しかないのかもしれない。

彼は火星について語った。すると聴衆のあいだで、注意力の高まるようすが、さざ波のように広がっていくのが見てとれた。太陽から四千万マイルも外側で、自然は二度目の当たりをとっていた。ここにも生命が存在するのだ。色彩の変化が見られるが、それはわれわれ自身の世界では季節の移ろいを語るものだ。火星にはほとんど水がないし、大気は成層圏なみに希薄だが、植物と、ひょっとしたら動物が存在できるだろう。知性についていえば、決定的な証拠はまったくない。

火星の彼方では、凍てついた薄暮のなかに巨大な外惑星が横たわっている。太陽が遠ざかって、どんどん小さくなるのに合わせて、それらはますます暗く、ますます寒くなっていく。木星と土星は、厚さ数千マイルもの大気に押しつぶされている――メタンとアンモニアの大気であり、五億マイル、あるいはそれ以上の宇宙空間をへだてても観測できるハリケーンに引き裂かれている。もしこうした奇妙な外惑星に、その彼方のさらに寒冷な天体に生命がいるとしたら、われわれの想像を絶するほど奇怪なものだろう。太陽系の温帯、すなわち金星、地球、火星が浮かんでいる狭い帯のなかにだけ、われわれの知る生命は存在できるのだ。

いやはや、われわれの知る生命とは！　われわれはなにも知らないではないか！　自分たちのちっぽけな天体が、大宇宙すべてのひな形であると決めてかかる権利がどこにあるのか？　うぬぼれもいいところではないか。

大宇宙は生命に敵意をいだいているわけではなく、無関心なだけなのだ。その奇妙さは絶好の機会であり、挑戦だ――知性が受けて立つ挑戦である。五十年前、バーナード・ショーは真実を語った。アダムとイヴの前に登場したリリスの口からこの言葉をいわせたときに――

「生命にだけは終わりがないわ。そして百万もある星の館のうち、多くは空き屋で、多くはまだ建てられていないけれど、その広大な領域は、いまのところ耐えがたいほど不毛で住む人もいないけれど、わたしの種子はいつかそこを満たし、果ての果てまで支配するでしょう」

澄んだ、教養を感じさせる声が消えていき、ダークはわれに返った。それはすばらしい講義だった。演説者についてもっと知りたかった。彼はいま静かに小さな演壇を分解し、おんぼろの手押し車に載せて運び去る準備をしていた。彼をとり囲んでいた聴衆は解散し、目新しい演し物を探しに行こうとしていた。ときおり演説の切れ端が風に乗って聞こえてきて、ほかの演説者はあいかわらず声のかぎりにまくしたてているのだとわかった。

ダークは立ち去ろうと向きを変えた。そのとき見憶えのある顔が目にとまった。一瞬、呆気にとられた。こんな偶然の一致はできすぎで、本当とは思えなかったのだ。

彼の目と鼻の先、人だかりのなかに、ヴィクター・ハッセルが立っていたのである。

8

夫が唐突に「公園のあたりを散歩してくる」といったとき、モード・ハッセルにくわしい説明はいらなかった。その気持ちはよくわかったので、人目につかないといいわね、お茶の時間には帰ってきて、と希望を述べるにとどめた。どちらの希望もかなわない運命にあった。彼女が覚悟していたとおりに。

ヴィクター・ハッセルは、人生の半分近いあいだロンドンに住んでいたが、いちばんはじめに住んだところの印象がいまだにもっとも鮮明で、いまだにいちばん愛着の強い場所だった。工学を学ぶ若き学生としてパディントン地区に下宿し、毎日ハイド・パークとケンジントン公園を横切ってカレッジまで歩いたのだ。ロンドンのことを考えると、思い浮かぶのは繁華街や世界的に有名な建物ではなく、木々と空き地の点在する閑静な並木道や、ロトン・ロウの白い砂地だった。人類最初の船が星々から故郷へもどって来るときも、日曜の朝には騎手たちがみごとな馬にまたがり、依然としてその道を駆けさせているだろう。そしてモードに思いださせるまでもなく、ふたりはサーペンタイン池のほとりではじめて出会ったのだった。ほんの二年前だが、生まれる前に思えるほど遠い。いまや彼は、これらすべての場所に別れを告げなければならないのだ。

サウス・ケンジントンですこし時間を過ごし、思い出の大きな部分を形作る古いカレッジのあたりをぶらぶらと歩きまわった。変わっていなかった。紙ばさみとT定規と計算尺をかかえた学生たちも、むかしのままだった。百年近く前、若きH・G・ウエルズが、この熱意にあふれ、せかせかと歩く群衆のひとりだったと思うと、妙な気がした。

衝動に駆られて、ハッセルは科学博物館へはいり、前にもしばしばそうしたように、ライト兄弟の複葉機の複製までやってきた。三十年前には、オリジナルの飛行機がこの大きな展示室に吊るされていたのだが、とっくのむかしにアメリカに帰っており、いまではオーヴィル・ライトとスミソニアン協会との長引いた争いや、それが原因で飛行機が流浪の身となったことを憶えている者は、ほとんどいなかった。

七十五年の歳月――長生きした人の一生にすぎない――が、キティホークで地面すれすれを数ヤード飛んだ華奢な木製の骨組みと、まもなく彼を月へ連れていくかもしれない巨大なロケットとのあいだに横たわっている。そしてつぎの一生分の時間のうちに、〈プロメテウス〉が、頭上にぶらさがる小さな複葉機なみに風変わりで原始的だと見られるようになるのはまちがいない。

ハッセルがエクシビション・ロードへ出ると、太陽が照り輝いていた。科学博物館にもっと長居してもよかったのだが、大勢の人々が、すこし熱心すぎる目を向けてきていた。自分が気づかれずにいる可能性は、おそらく地球上のほかのどこよりも、この建物のなかのほうが小さいだろう——彼はそう思った。

よく知っている道をたどって公園をゆっくりと横切った。一、二度立ち止まり、もう二度と目にできないかもしれない景色を目に焼きつける。この感慨に不健全なところはなかった。それどころか、そのために感情が豊かになっていることを、超然とした気持ちで察知できたのである。たいていの人間と同じように、ヴィクター・ハッセルは死を恐れていた。しかし、その危険を正当化できる場合もあるのだ。すくなくとも、自分のことだけを考えればいいときは、たしかにそうだった。いまでもそうだということが、証明できさえすればいいのだが、これまでのところは、証明できずにいた。

マーブル・アーチからさほど遠くないところに、結婚前の日々、彼とモードがしばしば並んですわったベンチがあった。彼はここで何度も何度もプロポーズし、そのたびに——最後の一回をのぞいて——断られたのだった。さいわいにも、そのときはだれもすわっておらず、彼は満足げなため息を小さくもらして、腰を降ろした。

その満足は長つづきしなかった。というのも、五分とたたないうちに年配の紳士が隣にすわり、パイプと〈マンチェスター・ガーディアン〉紙（マンチェスターを守護《ガード》したい人がいるということに、ハッセルはいつもひどく面食らう）の陰に隠れたからだ。適当な間を置いて移動しようと決めたが、公然と不作法をせずに立ち去る暇がないうちに、またしても邪魔がはいった。小道にそってぶらぶらしていた、ふたりの幼い少年が、いきなり面《おも》舵を切って、ベンチまで歩み寄ってきたのだ。ふたりは幼い少年ならではの遠慮のなさで彼をじろじろと見た。やがて年上のほうがとがめるようにいった。

「よお、おじさんはヴィックのハッセルだろ?」

ハッセルはふたりをしげしげと見た。明らかに兄弟で、一日じゅう歩いても、これほど魅力に欠けるふたり組には出会いそうもない。人の親になるということは、どれほど危険な事業であるかをさとって、彼はかすかに身震いした。

ふだんなら、ハッセルはこの告発に対して注意深く白状していただろう。自分が小学生だったころの熱狂ぶりの多くを忘れていなかったからだ。もっと丁重に話しかけられていたら、いまだって白状していただろう。しかし、この腕白小僧たちは、フェイギン博士の不良少年学校をサボっているように見えた。

ふたりをひたと見据え、彼は一九二〇年ごろの上流階級の口調に精いっぱい似せていった。

「いまは三時半だし、六ペンス銀貨以下の小銭など持っちゃおらんぞ」

このみごとなまでに脈絡のない答えを聞いて、年下の少年が兄のほうを向いて、怒った声でいった。

「ほら見ろ、ジョージ――やっぱりちがうじゃねえか！」

年上のほうは弟のネクタイをねじって、ゆっくりと首を絞めてから、まるでなにごともなかったかのように言葉をつづけた。

「あんたはロケット乗りのヴィック・ハッセルだ」

「ぼくがミスター・ハッセルに似ているとでも？」と憤慨した驚きの口調でミスター・ハッセル。

「似てるよ」

「そいつは妙だ――そんなことはいわれたことがない」

この言葉は誤解をあたえたかもしれないが、文字どおりの真実だった。ふたりの少年は考えこんで彼を見つめた。年下のほうは、もう呼吸するという贅沢を許されていた。不意にジョージが〈マンチェスター・ガーディアン〉に意見を求めた。もっとも、ありがたいことに、いまやその声には迷いのひびきがあった。

「この人はおれたちをごまかそうとしてるんだよね、おじさん」

眼鏡が新聞の上にせりあがってきて、実直そうな目でふたりをまじまじと見た。それから眼鏡がハッセルのほうを向いた。ハッセルは居心地が悪くなってきた。考えこんだような沈黙が長くつづく。

やがて見知らぬ人は新聞を指でトントンたたき、ぴしゃりといった。

「ここにミスター・ハッセルの写真が出ておる。鼻の形がまるでちがうよ。さあ、あっちへ行っておくれ」

新聞のバリケードがまた築かれた。ハッセルは遠くを見つめ、信じられないといいたげに、まだこちらをじろじろ見ている審問官たちを無視した。ほっとしたことに、ふたりはなおもいい争いながら、とうとう去っていった。

名前も知らない支援者に礼をいうべきだろうかとハッセルが迷っていると、相手が新聞をたたみ、眼鏡をはずした。

「ときに」と軽く咳払いし、「また驚くほど似ておりますな」

ハッセルは肩をすくめた。いさぎよく白状するべきかと思ったが、そうしないことに決めた。

「じつをいうと、前にもそれで迷惑したことがあるんです」

見知らぬ人は考え深げに彼を見つめた。もっとも、ぼんやりと遠くを見る目つきだったが。

「彼らは明日オーストラリアへ発つんでしたな?」と、話のきっかけとして訊く。「月から帰ってこられる可能性は、五分五分でしたか」

「それよりはずっとましのはずですよ」

「それでも、やはり偶然まかせではありますし、ハッセル青年はいまこの瞬間も、ふたたびロンドンを目にすることがあるのだろうか、と感慨にふけっておるのでしょうな。彼がなにをしているか、わかったら興味深いですな——そこから彼について多くのことがわかるでしょう」

「たぶんそうでしょう」ハッセルはベンチにすわったままもぞもぞと体を動かし、どうやったらこの場を逃げだせるだろうと思った。しかし、見知らぬ人はおしゃべりしたい気分のようだった。

「この社説ですが」と、しわになった新聞をふり、「宇宙飛行の意義や、それが日常生活におよぼすであろう影響について論じております。それは大いにけっこうですが、われわれはいつ落ち着くんでしょうね？　ええ？」

「話がよくわからないんですが」とハッセルはいったが、まったく本心ではなかった。

「この世界には、みんなに行きわたるだけの土地があります。これをちゃんと運営するならば、たとえ大宇宙をうろつきまわっても、ここよりいい場所は見つからないでしょう」

「ひょっとすると」とハッセルはおだやかな声でいった。「それだけのことをして、はじめて地球のありがたみがわかるのかもしれません」

「ふん！　そのときは、またわれわれを騙す者が出てきますよ。われわれが休息して、多少の平和を味わうことはないんでしょうか？」

ハッセルは、以前この議論に出会ったことがあったので、口もとをほころばせた。

「〈逸楽の民《ロータス・イーター》〉の夢は、個人にとっては愉快な幻想です――しかし、種族にとっては命とりです」

サー・ロバート・ダーウェントが、かつてそう述べたのだ。この言葉はハッセルが好んで口にする引用のひとつとなっていた。

「〈逸楽の民〉とな？　ふむ――テニスンはなんといっておりましたかな――近ごろはテニスンを読む者はおりません。『ここに甘美な楽の音が流れ、さらにやわらかに……』。いや、ここじゃない。ああ、わかった！

『そそり立つ波をひたすら登る
　そのどこに平和があろう？』

さて、お若い方、平和はありますか？」

「人によっては――あります」とハッセル。「ひょっとしたら、宇宙飛行が実現したあかつきには、彼らはひとり残らず惑星へ飛び立って、残された〈逸楽の民〉が夢に浸るのかもしれません。それなら、だれもが満足するはずです」

「そして臆病者が地球を継ぐというわけですか、ええ？」と見知らぬ男。ひどく文学的な心の持ち主のようだ。

「そういういい方もできます」ハッセルは笑みを浮かべた。われ知らず腕時計に目をやり、結論がひとつしかない議論に深入りするのはやめよう、と心に決める。

「あいにく、もう行かないといけません。話ができてよかった」

彼はうまく正体を隠しとおしたと思いながら、その場を離れようと立ちあがった。見知らぬ人は彼におかしな笑みをくれて、静かな声で「さようなら」といった。ハッセルが二十フィート進むまで待ち、そのとき声をはりあげて、彼のうしろ姿に向かっていった——

「ご無事で、ユリシーズ！」

ハッセルはぴたりと立ち止まり、ついでその場でくるっとふり向いた——しかし、相手はすでにハイド・パーク・コーナーの方向へきびきびと歩いているところだった。彼はその背の高い、痩せぎすの姿が人ごみにまぎれこむのを目で追った。それから、ようやく激しい口調でひとりごとをいった。

「いやはや、まったく！」

それから肩をすくめ、マーブル・アーチのほうへ歩きつづけた。若いころあれほど楽しませてくれた、即席の演壇に立つ演説者たちの話をもういちど聞くつもりで。

この偶然の一致は、けっきょくそれほど驚くことではないのだ、とまもなくダークはさとった。ハッセルがウェスト・ロンドン地区に住んでいることを思いだしたのだ。ハッセルもまたこの街の見おさめをしていても、当然すぎるほど当然ではないか。ダークよりもはるかに決定的な意味で、これが見おさめになっても不思議はないのだ。

人だかりをはさんで、ふたりの目が合った。ハッセルはダークに見憶えがあるらしく、はっとしたようすを見せたが、ダークは名前を憶えてもらっているとは思わなかった。彼は人ごみをかき分けて若いパイロットのほうへ行き、ややぎごちなく自己紹介した。ハッセルはひとりきりでいたかったのだろうが、ダークとしては言葉を交わさずに、わきを向くようなことはできなかった。それにもまして、このイギリス人にはずっと会いたかったのだから、この機会を逃す手はないと思われたのだ。

「いまの話を聞きましたか？」会話をはじめる口調でダークがたずねた。

「ええ」とハッセルは答えた。「たまたま通りかかったら、あの爺さんのいってることが耳にはいったんです。前にもここでちょくちょく見かけました。まともなほうのひとりです。まあ、いろんなのがいますよね」彼は笑い声をあげ、漠然と人だかりのほうに手をふった。

「まったくだ」とダーク。「でも、ここで演説している人たちを見られてよかった。いい経験です」

話しながら、ハッセルを注意深く観察する。年齢の判断はむずかしかった。二十五から三十五の何歳であっても不思議はない。体つきは華奢で、彫りの深い目鼻立ちと、茶色い癖毛の持ち主だ。前にロケットが墜落したときに負った傷跡が、左頬を斜めに走っているが、ときおり皮膚が張りつめたときにしか目立たない。

「いまの話を聞いたあとだと」とダーク。「宇宙はあまり魅力的な場所には思えない——そういわざるをえません。大勢の人が故郷に残るほうを選ぶのも、意外じゃありませんね」

ハッセルは笑い声をあげた。

「あなたもそんなことをいうとは、妙なこともあるもんですね。ついさっきまで話をしていたお年寄りが、同じことをいっていましたよ。ぼくのことを知っているのに、知らないふりをしていました。ぼくが持ちだした論点は、人の心には二種類ある——冒険好きで、好奇心の強いタイプと、自分の家の裏庭にすわっていれば満足する家庭的なタイプがあるというものです。たぶん両方とも必要なんでしょう。片方が正しくて、もう片方がまちがっていると主張するのは、ばかげていますよ」

「たぶん、わたしは雑種にちがいない」ダークは破顔した。「裏庭にすわるのが好きですが——放浪者にときおり立ち寄ってもらって、見てきたことを話してもらうのも好きなんです」

だしぬけに言葉を切り、ついでこうつけ加える——

「どこかで腰を降ろして、一杯やりませんか？」

ダークは疲れていたし、喉が渇いていた。ハッセルも同じ理由でそうだった。

「じゃあ、ちょっとだけ」とハッセル。「五時前には帰りたいんです」

相手の家庭の事情は、あいにくなにも知らなかったが、ダークはこの気持ちが理解できた。ハッセルに案内してもらって、カンバーランドのラウンジへ行き、ありがたくもビール二杯を前にしてすわりこんだ。

「わたしの仕事についてお聞きおよびかどうかわかりませんが」とダークは弁解がましく咳払いした。

「じつをいうと、聞いたことがあります」ハッセルが愛想よく笑みを浮かべた。「いつぼくらをつかまえに来るんだろうと思ってましたよ。あなたは動機や影響の専門家なんですよね？」

ダークは自分の評判がそれほど広がっているとわかって、驚くだけでなく、ちょっとばつの悪い思いもした。

「あー――そうです」と認め、「もちろん」と、あわててつけ加える。「個々のケースは第一の関心ではありませんが、そもそも人々がどういう経緯《いきさつ》で宇宙航行学にかかわるようになったのかがわかれば、たいへん役に立つのです」

ハッセルは餌に食いつくだろうか、と彼は思った。しばらくすると、ハッセルが餌をつつきはじめ、ダークは、どこかのおだやかな湖面で、ようやく浮きがぴくつきはじめたのを見まもる釣り師と同じ興奮を味わった。

「ぼくらは〈育児室〉でさんざんその話をしてきました」とハッセル。「単純な答えはありません。人それぞれです」

ダークは先を促すように沈黙していた。

「たとえば、ティンを考えてみましょう。彼は純粋な科学者であり、知識を求めているのであって、結果にはあまり興味がありません。だからこそ、あれだけの頭脳を持ちながら、いつまでたっても長官より小さな人間なんです。おっと――批判してるわけじゃありませんよ。サー・ロバートは、おそらく一世代にひとりいればじゅうぶんなんですから！クリントンとリチャーズはエンジニアで、機械そのものを愛しています。もっとも、ティンよりはずっと人間臭いわけですが。ジミーが気に入らない記者をどうあしらうかは、たぶんお聞きになられたでしょう――そうだと思いましたよ！クリントンは変わったやつで、なにを考えているのか、よくわかりません。とはいえ、このふたりの場合は、仕事のために選ばれたんです――自分から求めたわけじゃありません。

さて、ピエールは、ほかの連中とはまるっきりちがいます。彼は冒険そのものが好きなタイプで――だからロケット・パイロットになったんです。当時は本人もわかっていなかったんですが、これは大きな勘ちがいでした。ロケットを飛ばすことに冒険的なところはありません。計画どおりに行くか――さもなければ、ドカーンなんですから！」

彼はこぶしをテーブルにふり降ろし、表面に当たる寸前に止めたので、グラスはカタリともいわなかった。その動作の意識しない正確さに、ダークは感心するばかりだった。とはいえ、ハッセルの言葉を聞き流すわけにはいかなかった。

「たしか、あなたはちょっとした事故にあわれていますね」とダーク。「ある程度は――あ――興奮されたにちがいない」

ハッセルは苦笑した。

「そういうことが起きるのは千回に一回です。残りの九百九十九回は、パイロットはそこにいるだけ。同じ仕事のできる自動機械より軽いからという理由でね」

彼はいったん言葉を切り、ダークの肩ごしに目をやった。と、その顔にじわじわと微笑が広がった。

「名声には埋めあわせもあって」と彼はつぶやいた。「そのひとつが、いま近づいてきます」

ホテルの幹部が、生け贄を祭壇に運ぶ司祭長のような雰囲気で、ふたりのほうへ小さなワゴン台車を押してくるところだった。ふたりのテーブルで立ち止まり、一本の瓶をとりだす。蜘蛛の巣のからんだ外見から判断できるとすれば、ダーク自身よりもかなり古いものだった。

「当ホテルから進呈いたします」ハッセルに向かってお辞儀しながら、男がいった。ハッセルはむにゃむにゃと礼をいったが、いまや四方から集中する視線に、すこしばかり警戒心をつのらせているようだった。

ダークはワインについてなにも知らなかったが、この玄妙な芸術におけるどんな技を駆使しても、ただでさえなめらかな液体をこれ以上まろやかな喉ごしにできるとは思えなかった。それはなんともこくがあり、上品きわまりないワインだったので、ふたりはためらわず自分たちの健康を祝し、ついでインタープラネタリーに、つづいて〈プロメテウス〉に乾杯した。ふたりの褒め言葉にホテル側は大喜びで、すぐにつぎの瓶が出てきそうだったが、ハッセルは丁重に断り、自分はすでに大きく予定から遅れているのだと説明した。それはまったくの真実だった。

午後はすばらしい幕切れを迎えたと感じながら、ふたりは地下鉄の階段で上機嫌のうちに別れた。ハッセルが行ってしまってから、はじめてダークは気づいた。若いパイロットが自分のことをなにも——それこそなにひとつ——話さなかったことに。慎みだろうか——それとも、時間がなかっただけだろうか？　ハッセルは意外なほど進んで同僚について話していた。まるで懸命に自分自身から注意をそらそうとしているかのように。

ダークは突っ立ったまま、しばらくこのことに思いをめぐらしていたが、やがて、軽く口笛を吹きながら、オックスフォード・ストリートを家のほうへ向かってゆっくりと歩きだした。背後では、イギリス最後の日が暮れようとしていた。

第三部

人間はいつの日かほかの惑星に到達するだろう——三十年かけて、世間の人々はしだいにその考えに慣れていった。宇宙航行学初期の先駆者たちがなした予言は、最初のロケットが成層圏を突きぬけて上昇して以来、何度も何度も実現してきたので、いまではこれを疑う者はまずいなかった。アリスタルコスのそばにあるあのちっぽけなクレーターと、月の裏側を写したTV映像は、否定できない実績だったのである。

とはいえ、それを嘆く者、それどころか声高に非難する者は跡を絶たなかった。市井の人々にとって、惑星間飛行は依然として壮大で、なんとなく恐ろしげな可能性であり、日常生活の地平を超えたところにあった。いまのところ一般大衆は、近い将来に〝科学〟がそれを成しとげるだろうと漠然と理解していることをのぞけば、宇宙飛行についてこれといった感情をいだいてはいなかった。

しかしながら、まったく異なる理由からであったが、ふたつの相異なるタイプの精神が、宇宙航行学というものをひどく真剣にとらえてきた。長距離ロケットと原子爆弾がほぼ同時に軍事的精神にあたえた衝撃が、一九五〇年代に、この機械化された殺人の専門家たちから、血も凍る予言をつぎつぎと引きだした。何年かのあいだ、月面、あるいは――より適切な――火星上の基地についての議論が盛んに行われた。第二次世界大戦の終わりに、アメリカ陸軍が、二十年前オーベルトが構想した〝宇宙ステーション〟の計画を遅ればせながら発見したことで、〝ウエルズ張り〟と呼んだのでは控え目すぎるアイデアが復活した。

その古典的な著作、『宇宙旅行への道』において、オーベルトは巨大な〝宇宙鏡〟の建造について論じていた。これは地球上に太陽光を集め、平和目的に利用するのも、敵の都市を焼き払うのもお好みしだいというものだ。オーベルト自身は後者のアイデアをさほど真剣には受けとらなかったし、二十年後、それが大真面目にとり沙汰されて驚いたにちがいない。

月から地球を爆撃するのはきわめて容易であり、地球から月への攻撃は困難をきわめるという事実をもって、多くの自制心のない軍事専門家たちは、好戦的な仮想敵国に先んじて、自分たちの母国が平和のために地球の衛星を掌握しなければならないと宣言した。原子エネルギーの解放につづく十年間に、こうした議論はありふれたものであり、その時期の政治的パラノイアの典型的な副産物だった。世界が正気と秩序を徐々にとりもどすにつれ、こうした議論は惜しまれもせずに消えていった。

ふたつ目の、ひょっとしたらより重要な意見は、惑星間飛行は可能だと認めるものの、神秘的、または宗教的根拠に基づいてそれに反対するものだった。ふつう〝神学的反対派〟と称された立場であり、人間が自分たちの惑星から飛びだせば、なにか神聖な命令に背くことになると信じていた。インタープラネタリーの草創期における、もっとも手強い論敵だったオックスフォードの名士、C・S・ルイスの言葉を借りれば、天文学的な距離は「神の定めた隔離規制」なのである。もし人間がそれを克服すれば、神聖冒瀆と変わらない罪を犯すことになる、というわけだ。

こうした議論は論理に基づいていないので、反駁は不可能だった。折に触れインタープラネタリーは強硬な反論を発表し、これと同じ異論は、史上に現れたすべての探検者に対して当てはまると指摘した。二十世紀の人間が電波で数分のうちに乗り超えられる天文学的距離は、石器時代の祖先の前に立ちはだかった海洋にくらべれば、さほどの障害ではない。先史時代にも、部族の若者たちが新しい土地を求めて、周囲に広がる恐ろしい未知の世界へと向かったとき、首をふって災厄を予言した者がいたにちがいない。それでも、極地から氷河が押し寄せてくる前に、その探索がなされてよかったのだ。

いつか氷河はもどって来るだろう。それは、地球の寿命がつきる前に降りかかってきそうな災厄のなかで、もっとも被害が軽いものだ。こうした災厄のなかには、推測しかできないものもあるが、すくなくともそのひとつは、将来かならずやって来るのだ。

あらゆる星の一生には、その原子のかまどの微妙なバランスが崩れて、どちらかいっぽうにかたむくときが来る。遠い未来において人間の子孫は、さいはての惑星という安全な場所から、爆発する太陽の炎に呑みこまれる生まれ故郷の最後の姿を目にするかもしれない。

こうした批判者たちが持ちだした宇宙飛行に対する異論のひとつは、表面的には、もっと説得力があった。人間はみずからの世界であまりにも多くの惨事を引き起こしてきたのだから、ほかの世界で同じことをしないと信用できるだろうか──彼らはそう論じた。とりわけ、人類の文化がある天体からつぎの天体へ広がるにつれ、ある種族がべつの種族を征服し、奴隷化するという悲惨な物語が、永久無限にくり返されはしないだろうか、と。

この議論に対しては、完全に納得できる答えはありえなかった。競合する信念のぶつかり合いがあるだけだった──楽観主義と悲観主義、人間を信じる者と信じない者とのあいだの、むかしながらの対立である。しかし、天文学者たちは、歴史から類推することの誤りを指摘することで、この論争にひとつの貢献をしていた。人間の文明は、生まれた惑星の一生のうち百万分の一しかつづいていないのだから、搾取したり奴隷にしたりできるほど原始的な種族にほかの惑星で遭遇することはありそうにない。惑星間帝国という考えに染まって地球から宇宙へ乗りだす船があれば、旅路の果てに見いだすのは、征服の野望をいだいてニューヨーク港へゆっくりと漕ぎ進む、野蛮人の戦闘用カヌーの船団と大差ない自分たちの姿かもしれない。

〈プロメテウス〉が数週間以内に打ち上げられると発表されると、こうした考察や、さらに多くの考察がことごとく息を吹きかえした。新聞とラジオはその話題で持ちきりになり、しばらくのあいだ天文学者は、太陽系について慎重ではあるものの楽観的な記事を執筆して、わが世の春を謳歌した。この時期に英国でギャラップ世論調査が実施され、大衆の四十一パーセントが惑星間飛行に賛成、二十六パーセントが反対、三十三パーセントが態度保留という結果が出た。この数字――とりわけ三十三パーセント――がサウスバンクで失意の声を生みだし、結果として、いまや未曾有の忙しさを誇る広報部で数多くの会合が持たれたのだった。

ふだんはぽつぽつと水が滴るようだったインタープラネタリーへの来訪者は、大洪水となって押し寄せるようになり、そのなかにはひどく風変わりな人物もまじっていた。マシューズは、こうした人物の大部分に対処するための標準的な手続きを編みだしていた。最初の旅に参加したい人々は、10Gの加速を生みだせる医療部門の巨大な遠心装置に乗ってみないかと勧められる。この申し出を受ける者はめったにおらず、受けた者は、失神からさめたあと力学部門に引きわたされ、答えられない質問を数学者に浴びせられて、とどめを刺されるのだ。

とはいえ、正真正銘の変人に対処する効果的な方法は見つかっていなかった——もっとも、ある種の相互作用によって相殺される場合もあったが。マシューズのかなわぬ大望のひとつが、地球は平坦だと信じる者と、地球は空洞になった球体の内側にあると信じている、さらに頭のおかしい連中のひとりが同時に訪れてくれることだった。その結果はじつに聞き応えのある論争になるだろう、と彼は確信していたのだ。

太陽系のことならもうなんでも知っており、その知識を他人に分けあたえたくて仕方のない心霊世界の探検者たち（たいていは中年の未婚婦人）については処置なしだった。マシューズは楽天的だったので、宇宙空間の横断がこれほど間近に迫ったいま、彼らも自分たちの知識が現実によって試されることには、あまり気乗りがしないだろうと思っていた。その期待は裏切られ、不運なスタッフのひとりが、こうしたご婦人たちの語る、非常に色彩豊かだが辻褄の合わない月の事情にまつわる話に、朝から晩までつき合わされるはめとなった。

もっと深刻で重要な批判は、大新聞に載る投書や論評であり、その多くは公式の返答を要求していた。イギリス国教会のある聖堂準参事会員が、〈ロンドン・タイムズ〉に宛てて売名を狙った激烈な手紙を書き、インタープラネタリーとその事業すべてをこきおろした。サー・ロバート・ダーウェントはただちに舞台裏で行動に移り、本人の言葉を借りれば、「大司教を切り札にして、そいつを負かしてやった」のだった。攻撃がほかの方面から来たら、枢機卿とラビが用意してあるという噂だった。

この三十年をオルダーショップの郊外で冷凍睡眠の状態で過ごしたらしい、ある退役した准将が、月を大英連邦に編入するため、いかなる手段がとられているのかと知りたがったとき、特に驚いた者はいなかった。同時期に、長期の休眠からさめた少将がアトランタで噴火し、月を五十番目の州にするよう議会に働きかけた。似たような要求が世界じゅうのほぼあらゆる国——スイスとルクセンブルクは例外かもしれない——で聞かれるようになり、いっぽう国際法学者たちは、長らく警告されていた危機が、いまや目前に迫っていることをさとった。

この時点でサー・ロバート・ダーウェントが、まさにこの日にそなえて何年も前から用意してあった有名な声明を発表した。

「いまから数週間以内に」とメッセージははじまっていた。「われわれは地球から最初の宇宙船を打ち上げたいと思っています。それが成功するかどうかわかりませんが、いまやわれわれは、惑星へ到達する力を手中にしたようなものです。この世代は宇宙の大海の波打ち際に立ち、歴史上最大の冒険に乗りだそうとしているのです。

心があまりにも深く過去に根ざしているため、われわれがほかの天体に到達したとき、祖先の政治的思想がなおも通用すると信じる者がおります。彼らは宇宙空間を越えるために、世界じゅうの国々の科学者が力を合わせなければならなかったことを忘れ、あれこれの国家の名において月を併合することすら話題にします。成層圏の彼方に国籍はありません。われわれが到達するいかなる天体も、全人類に共通の財産となるでしょう――ほかの生命体が、すでにそこを領有していないかぎりは。われわれ、人類を星々への道につかせようと奮闘してきた者たちは、現在と未来のためにこの重大な宣言を行います――

われわれは宇宙に国境を持ちこみません」

1

「アルフレッドもよくよく運がないですね」とダークがいった。「これからお楽しみがはじまるっていうのに、留守番だなんて」

マカンドルーズは、どうとでもとれるうなり声を発した。

「ふたりとも行くわけにはいかないんですよ。本部は人員が十分の一に減っています。今回の件を、休暇をとる恰好の口実だと考える人間が多すぎるようで」

ダークはひとことといってやりたかったが、ぐっと我慢した。いずれにしろ、自分自身の存在だって必要不可欠とみなされるとはかぎらないのだ。テームズ川のゆるやかな流れを憂鬱そうに眺めている、気の毒なマシューズの哀れを誘う姿を思い浮かべるのはこれっきりにして、もっと楽しいことに心を向けた。

ケントの海岸線がまだうしろのほうに見えていた。というのも、旅客機はまだ最高の高度にも速度にも達していなかったからだ。動いている感覚はなかったが、不意にいわくいいがたい変化をダークは感じた。ほかの者たちも気づいたにちがいない。向かいあってすわっていたルデュックが、満足げにうなずいたからだ。

「ラムジェットが噴射をはじめてる」と彼はいった。「いまにタービンを切るだろう」

「ということは」とハッセルが口をはさむ。「千を超えてるってことか」

「時速でノット、マイル、キロメートル？　それともマイクロ秒速でロッド、ポール、パーチ？」と、だれかが訊いた。

「頼むから」と技術者のひとりがうめいた。「その議論を蒸しかえさないでくれよ！」

「到着はいつです？」とダーク。答えはちゃんと知っていたが、なんとか話をそらそうとしたのだ。

「およそ六時間でカラチに着陸して、六時間睡眠をとるから、いまから二十時間後にはオーストラリアに着いてますよ、もちろん時差の半日分を足さないと――あるいは、引かないと――いけませんが、それはだれかが計算してくれるでしょう」

「きみも落ちぶれたもんだな、ヴィック」リチャーズがハッセルに笑い声を浴びせた。「この前きみは、九十分で世界一周したんだぞ！」

「大げさにいっちゃいけない」とハッセル。「もう宇宙へ出ていたし、百分は優にかかった。おまけに、また降りてこられるまで一日半もかかったんだ！」

「速いのに越したことはありませんが」と達観したようにダークがいった。「世界について誤った印象をあたえますね。数時間のうちにある場所からべつの場所へ飛ばされて、そのあいだにもなにかがあるのを忘れてしまう」

「まったく同感です」と意外にもリチャーズが口をはさんだ。「やむにやまれぬ場合は、大急ぎで旅をする。でも、そうでなければ、古きよきヨットに勝るものはありません。子供のころは、五大湖をヨットでまわって、休み時間の大部分を過ごしたものです。われに時速五マイルをあたえよ――さもなくば二万五千マイルを。駅馬車や古い飛行機といった、そのあいだのものは、わたしには用がありません」

それから会話は技術方面へ流れ、ジェット、アソダイド、ロケットの利害得失に関する口論となった。中国の辺境ではプロペラがまだ立派な現役だ、とだれかが指摘したが、場ちがいだと一蹴された。これが何分かつづいたあと、マカンドルーズが携帯用の盤でチェスをささないかといい出したとき、ダークはありがたく挑戦を受けた。

ヨーロッパ南東部の上空で最初のゲームに負け、二局目が終わる前に眠りに落ちた――マカンドルーズのほうがはるかに腕前が上なので、おそらくなにかの防衛機構が働いたのだろう。目をさますとイラン上空で、すぐに着陸して、また眠ることになった。そういうわけで、チモール海に着いて、腕時計をオーストラリア時間に合わせたとき、起きていればいいのか眠ればいいのか、さっぱりわからないのも当然だった。

仲間たちは、もっと上手に睡眠時間を調節していたので、彼よりは元気で、旅が終わりに近づくにつれ、展望窓に群がりはじめた。機体は二時間近く、ときおり肥沃な土地のある不毛な砂漠を横断していた。やがて地図を読んでいたルデュックが、いきなり大声をあげた。

「あそこだ――左側のあっち！」

ダークは彼の指さす方向へ目をやった。一瞬、なにも見えなかった。と、つぎの瞬間、何マイルも彼方に、こぢんまりとした町の建物が見分けられた。その片側に滑走路があり、その向こうに、かろうじて見える黒い線が砂漠をよぎって伸びていた。それは異常なほどまっすぐな鉄道線路のようだった。と、それがどこへも行き着かないことにダークは気づいた。砂漠の途中ではじまり、砂漠の途中で終わっているのだ。それは彼の仲間たちを月へと導く道の、最初の五マイルなのである。

数分後、巨大な打ち上げ軌道が眼下にあり、翼の生えた砲弾のような〈プロメテウス〉が、そのかたわらの飛行場できらめいているのを見て、ダークはぞくぞくする気分を味わった。だれもが急に黙りこみ、自分たちにとってあまりにも多くを意味するが、図面や写真をのぞけば、じっさいに目にした者はわずかしかいない、そのちっぽけな銀の矢をじっと見おろした。やがて旅客機が機体をかたむけ、着陸態勢にはいると、それはひとかたまりになった低い建物の陰に隠れた。

「そうすると、これがルナ・シティか！」と、だれかが気落ちした声でいった。「見捨てられたゴールド・ラッシュの町みたいだな」

「そうかもしれん」とルデュック。「このあたりに金鉱があったんじゃなかったっけ」

「ご存じのとおり」とマカンドルーズがもったいぶっていった。「ルナ・シティは、一九五〇年ごろ、ロケット研究の基地として英国政府によって建設されました。元々はアボリジニのつけた名前があったんですが――たしか、槍だか矢だかに関係した名前が」

「アボリジニたちはこの成り行きをどう思っているんだろう？　あっちの丘にまだ多少はいるんだろう？」

「いるよ」とリチャーズ。「二、三百マイル離れたところに居留地がある。打ち上げの射線からはだいぶはずれてるがね。きっと頭のおかしい連中だと思ってるだろう。たぶん、それが当たってるんだ」

滑走路で一行を出迎えたトラックは、大きなオフィス・ビルの前で停止した。

「荷物は積んだままにしておいてください」と運転手が指示した。「ここはホテルの予約をとる場所ですから」

その軽口をあまり面白がる者はいなかった。ルナ・シティの宿泊施設は主に陸軍のカマボコ兵舎から成っており、なかには築三十年に近いものもあった。設備のましな建物は常駐要員に占領されているにちがいない。来訪者たちは暗い予感に襲われた。

ルナ・シティは、この五年間そう呼ばれてきたのだが、本来の軍事的な色合いをすっかり失ったわけではなかった。それは軍のキャンプのように配置されており、精力的な素人園芸家たちが、精いっぱい雰囲気を明るくしようとしていたものの、その努力はおおむね単調で画一的な印象を強調しているだけだった。

居住地の通常の人口はおよそ三千で、その大部分は科学者か技術者だ。つぎの数日のうちに、人口の流入を制限するのは宿泊施設だけになるだろう——そして、ことによると、それでさえ制限できないかもしれない。あるニュース映画会社は、すでにテントを託送便で送ってきており、そこの社員がルナ・シティの天気について熱心に問い合わせをしてきていた。

小さいながらも清潔で居心地のいい部屋が割り当てられたとわかって、ダークはほっと胸をなでおろした。十人あまりの管理スタッフが、やはりその棟を占めており、いっぽうコリンズをはじめとするサウスバンクから来た科学者たちは、道の反対側に第二の集落を形成していた。この自称〈ロンドンっ子〉たちは、「地下鉄入口」や「二十五番バス乗り場」といった貼り紙で、早速その場をにぎやかにした。

オーストラリアでの初日は、一行全員にとって、身を落ち着け、〝シティ〟の地理を学ぶことで丸々つぶれた。小さな町には大きな利点がひとつあった——こぢんまりとしていて、測候所の高い塔がよい目印になったのだ。滑走路は二マイルほど離れており、打ち上げ軌道の先端は、その向こうへさらに一マイル行ったところにあった。だれもが宇宙船を見たくてたまらなかったものの、見学は二日目までおあずけだった。いずれにせよ最初の十二時間、ダークは目がまわるほど忙しくて、それどころではなかった。カルカッタとダーウィンのあいだのどこかで迷子になったらしい、自分のメモや記録の行方を突きとめようと必死だったのだ。ようやく技術関係の倉庫で探しあてたが、インタープラネタリーの職員名簿に彼の名前が見つからないので、それはイギリスへ送り返される寸前だった。

疲れ果てた初日の終わりに、それでもこの場所の印象を記録するだけのエネルギーがダークには残っていた。

「真夜中。レイ・コリンズにいわせれば、ルナ・シティは〝なかなか面白いところ〟のようだ――もっとも、その面白さはひと月ほどですり切れそうだが。宿泊設備はまずまずだ。ただし、家具はすくないし、この棟に水道はない。シャワーを浴びるには半マイル歩かなければならない。だが、これくらいで〝不便を忍ぶ〟というのはおこがましいのだ！

マカンドルーズと、その部下の何人かがこの建物にいる。わたしとしては、道の向こう側のコリンズたちといっしょになりたいが、厚かましい気がして、移してくれともいいだせない。

ルナ・シティは、戦争映画で見た空軍基地を連想させる。同じような実用一点張りの殺風景な外見で、同じようなせわしない活気があるのだ。そして空軍基地のように、機体のために存在する――爆撃機ではなく宇宙船のために。

部屋の窓からは、四分の一マイル離れたところに、なにかのオフィス・ビルの黒っぽい形が望め、それはこの見慣れない、まばゆい星々のもと、砂漠のなかではひどく場ちがいに見える。二、三の窓はまだ煌々と明かりが灯っており、土壇場で生じた困難を克服しようと、科学者たちが必死に時間と闘っているところが目に浮かぶ。だが、たまたま知っているのだが、その科学者たちは、隣の棟でけたたましい騒音をたてながら、友人たちをもてなしているのだ。おそらくこの真夜中に明かりを灯しているのは、帳簿の収支を合わせようとしている不運な会計士か倉庫係だろう。

左へずっと行った先、建物と建物の隙間を通して、地平線すれすれにぼうっと広がるかすかな光が見える。〈プロメテウス〉がそこで投光照明を浴びているのだ。彼女が——あるいはむしろ〈ベータ〉が——燃料輸送で十数回も宇宙へ行ったことがあると思うと、なんだか妙な気がする。とはいえ〈ベータ〉がこの惑星の住人であるのに対し、まだ地上に縛りつけられている〈アルファ〉は、まもなく星々のあいだに浮かび、二度とこの星の表面に触れることはないのだ。だれもが船を見たくてうずうずしているから、明日は時間を無駄にせず、打ち上げ場へ出るつもりだ。

後刻。レイに引っぱりだされて、彼の友人たちに引きあわされた。悪い気はしなかった。マカンドルーズやその仲間は招かれていなかったからだ。紹介してもらった人たちの名前は憶えていないが、じつに楽しかった。では、そろそろ寝るとしよう」

2

一マイル離れた地上からはじめて見えたときでさえ、〈プロメテウス〉は印象的な眺めだった。打ち上げ装置を囲む広大なコンクリート舗装《エプロン》の端で複式支持台に載っており、空気とり入れ口が飢えた口のようにあんぐりとあいていた。小さく、軽いほうの〈アルファ〉は、数ヤード離れた特別な架台に載っており、所定の位置まで吊りあげられるばかりだった。どちらの機体もクレーンやトラクターなど、各種の移動式装置にとり巻かれていた。

ロープの柵がその場に張りめぐらされており、トラックは非常線の開口部に止まった。その上に大きな立て札があり、こう書いてあった──

警告──放射能区域！

これより先、許可なき者は立入禁止。

見学希望者は、
内線47番（広報・IIa）に連絡のこと。
あなたの身を守るために！

一同が身分を明かし、柵を越えてよいと合図をもらったとき、ダークはすこし不安げな顔でコリンズに目をやった。

「見学したいのかどうか、なんだか自信がなくなってきた」

「いやいや」とコリンズが上機嫌で答えた。「ぼくのそばにくっついていれば、心配はご無用です。危険な区域には近づきませんから。それに、こいつを肌身離さず持ち歩いてますし」

彼は上着のポケットから小さな四角い箱を引っぱりだした。見たところプラスチックでできており、片側に小さなスピーカーが組みこまれている。

「なんだい、それ？」

「ガイガー警報器。近くに危険な放射能があれば、サイレンみたいに鳴りだすんです」

ダークは、行く手にそびえている巨大な機体のほうに手をふった。

「あれは宇宙船かい、それとも原爆？」と情けない声で訊く。

コリンズは笑い声をあげた。

「噴射をまともに食らったら、ちがいになんか気づきませんよ」

彼らはいま〈ベータ〉のすらりと尖った機首の下に立っていた。左右に弧を描いて伸びている巨大な翼のせいで、機体は翅を休めている蛾のように見えた。空気とり入れ口の暗い洞穴は不気味で恐ろしげだ。そして翼の各所から突きだしている、溝つきの奇妙な物体にダークはとまどった。コリンズが彼の好奇心の対象に気がつき、

「衝撃拡散装置です」と説明した。「一種類の空気とり入れ口で、海水面での時速五百マイルから成層圏最上層での時速一万八千マイルまで、すべての速度範囲をまかなおうたって無理な相談です。あの装置は調節がきいて、出したり引っこめたりできます。それでも全体としてはお話にならないほど効率が悪くて、無制限の動力がなかったら、使いものにはならないでしょうが。船内にはいれるかどうか、見てみましょう」

ずんぐりした支持台のおかげで、側面にあるエアロックのドアから船内にはいるのは簡単だった。船尾が巨大な可動式の防壁で厳重に仕切られており、だれにも近づけないようになっているのにダークは気づいた。このことをコリンズに告げると、

「〈ベータ〉のあの部分は」と空力学者がいかめしい声でいった。「二〇〇〇年ごろまで、〈絶対に立入禁止〉なんです」

ダークはぽかんとして彼を見た。

「どういう意味だい？」

「聞いてのとおり。原子力エンジンがいったん動きだせば、原子炉は放射能を帯びて、二度と近寄れません。長年にわたり、さわったら無事ではすまないでしょう」

エンジニアの素質のまったくないダークでさえ、このことにともなう実用面での困難が薄々わかった。

「それなら、いったいどうやってエンジンを点検したり、不具合が生じたときに修理するんだい？　設計が完璧だから、故障しないなんていわないでくれよ！」

コリンズは笑みを浮かべた。

「そこが原子力工学の泣きどころでしてね。どういうふうにやるのか、あとで見る機会があるでしょう」

〈ベータ〉の船内には驚くほど見るものがなかった。船の大部分が燃料タンクとエンジンから成っており、遮蔽用防壁の陰に隠れて近づけないからだ。船首の細長いキャビンは、旅客機の操縦室といっても通りそうだが、パイロットと保守要員から成るクルーが三週間近く船内で生活することになるので、もっと設備がととのっていた。クルーはひどく退屈な時間を過ごすだろう。だから船の備品にマイクロフィルムのライブラリと映写機がふくまれているとわかっても、ダークは意外に思わなかった。もしふたりの男の反りが合わなかったら、控え目にいっても不運だろう。しかし、心理学者たちがこの点を念入りに調べていることは疑問の余地がない。

目に映るものをろくに理解できないのと、〈アルファ〉のほうに乗りたくてうずうずしているのとで、ダークはすぐに操縦室を調べることに飽きてきた。小さな分厚い窓に歩み寄り、前方の景色を眺める。

〈ベータ〉は、数日以内に疾走することになる打ち上げ軌道とほぼ並行に、砂漠の彼方をさしていた。いまでさえ、〈ベータ〉が空へ飛びだし、貴重な荷物を積んで成層圏へ向かって上昇するのを待っているところが目に浮かぶようだ……。

いきなり床が揺れて、船が動きだした。ダークは冷たい手に心臓をわしづかみにされた気がして、危うくバランスを崩しそうになったが、目の前にあった手すりにつかまって、なんとか倒れずにすんだ。そのときになって、船の周囲を盛んに動きまわっている小型のトラクターが目にはいり、早とちりをしたのだとさとった。いまのふるまいをコリンズに気づかれなかったことを祈る。顔が真っ青になっているにちがいないからだ。

「これでよし」ようやく入念な点検を終えたコリンズがいった。「じゃあ、〈アルファ〉を見にいきましょう」

ふたりは機体から降りた。いまそれは、周囲にめぐらされた柵のほうへさらに押しやられていた。

「たぶん連中はエンジンをいじってるんでしょう」とコリンズ。「これまでに――ええと

――もう十五回も支障なく飛ばしているんです。マクストン教授も鼻高々ですよ」

その〝連中〟とやらは、あの近づくこともできない恐ろしいエンジンを、いったいどうやっていじっているのだろう、とダークはまだ釈然としなかったが、それとはべつの疑問が脳裏に浮かんでいた。

「ええと、しばらく前から決着をつけたいと思っていたことがあるんだ。〈プロメテウス〉の性別はどうなってるんだい？　だれもが〝彼〟、〝彼女〟、〝それ〟を満遍なく使うようだけど。科学者が文法を理解しているとは思わないが、それでも――」

コリンズはクスクス笑った。

「まさにそこのところに、われわれはこだわっているんですよ。公式な規定がどこかにあります。もちろん、〈プロメテウス〉は〝彼〟ですが、船乗りの慣例にしたがって、船全体は〝彼女〟と呼びます。〈ベータ〉も〝彼女〟ですが、〈アルファ〉は宇宙船なので〝それ〟です。これより単純明快なことがあるでしょうか？」

「いくらでもあるよ。とはいえ、首尾一貫しているかぎり、それでよさそうだ。していなかったら、とっちめてやるからな」

〈アルファ〉は、大きいほうの船にもましてぎっしりと詰めこんだ、エンジンと燃料タンクのかたまりだった。もちろん、尾翼や主翼のたぐいはないが、たくさんの奇妙な形をした装置が、船体のなかへ引っこめられている形跡があった。ダークはこの点について友人にたずねてみた。

「無線アンテナや、ペリスコープや、操舵用ロケットの張り出し材ですね」とコリンズが説明した。「船尾へまわれば、月着陸用の大きな緩衝器が引きこんであるのが見えますよ。宇宙空間へ出たら、〈アルファ〉はこれを全部広げて、ちゃんと働くかどうか、クルーが点検します。そのあとは永久に出しっぱなしです。旅の終わりまで空気抵抗はありませんから」

〈アルファ〉のロケット装置のまわりには放射線遮蔽板があったので、宇宙船の全貌をとらえることはできなかった。ダークが連想したのは、翼を失ったか、まだとりつけられていない旧式旅客機の胴体だった。いくつかの点で、〈アルファ〉は巨大な砲弾にそっくりだったので、先端の近くをぐるっと囲んでいる舷窓の列には意表をつかれた。クルー用のキャビンは、ロケットの全長の五分の一以下を占めるだけだった。そのうしろには、五十万マイルの旅で必要になる、おびただしい数の機械と操縦装置があった。

コリンズが機体のべつの部分を大雑把に説明した。

「キャビンのすぐうしろにエアロックがあり、飛行中に調節しないといけないかもしれない主制御装置があります。そのつぎに燃料タンクが――全部で六つ――あって、メタンを液体にしておくための冷却プラントがあります。つぎがポンプとタービン。それから船の半分を占めるエンジン本体。そのまわりは分厚いパッキンで遮蔽してあって、キャビン全体は放射線に対して陰になりますから、クルーは最大限の保護を受けるわけです。でも、船のほかの部分は〝ホット〟です。もっとも、燃料自体がかなり遮蔽に役立ってくれますが」

小さなエアロックは、ふたりはいるのがやっとの大きさしかなく、コリンズがようすを見にいった。キャビンはおそらく許可をもらった見学者で立錐の余地もないだろう、と彼は前もってダークに警告していったが、すぐにまた姿を現し、なかへはいるよう合図した。

「ジミー・リチャーズと豪州人《ディガー》クリントン以外の全員が作業場へ行ったそうです。ついてますよ——手足を伸ばす余地がたっぷりとあります」

その言葉は大げさもいいところだ、とまもなくダークは身をもって知った。キャビンは無重力下で——つまり壁と床が自由自在に入れ替わり、空間全体がどんな目的にも使えるときに——三人が居住するように設計されていた。船体が地球上で水平に横たわっているいまは、窮屈どころの騒ぎではなかった。

オーストラリア人の電子工学専門家クリントンは、体に巻きつけてキャビンに持ちこむほかなかった、ばかでかい配線図に埋もれかかっていた。繭のなかで糸を紡いでいる蚕そっくりだな、とダークは思った。リチャーズは操縦装置のテストをしているようだ。

「そんなに心配そうな顔をしないで」ダークが不安げに見まもっていると、リチャーズがいった。「飛び立ちはしませんよ――燃料タンクはからなんですから！」

「いまにも動きだしそうな気がしてなりません」とダークは白状した。「こんど船に乗るときは、立派な錨につながれているのを、たしかめてからにしたいですね」

「錨といえば」とリチャーズが笑い声をあげた。「それほど大きいのはいりません。〈アルファ〉にたいした推力はないんです――百トンくらいかな。でも、長いこと噴射をつづけられるんですよ！」

「たったの百トンしか推力がないんですか？　でも、彼女はその三倍の重さでしょう！」

コリンズがうしろで控え目に咳払いし、

「それに決めたはずですよ」と指摘した。とはいえ、リチャーズはこの新しい性別を進んで採用するように思えた。

「たしかに。でも、出発するとき彼女は宇宙空間にいるし、月から離昇するときの重量は実質的に三十五トンくらいしかないでしょう。ですから、問題はなにもありません」

〈アルファ〉のキャビンの配置は、科学とシュルレアリスムが互角に戦った結果のようだった。その設計は、八日にわたり乗組員は重力をまったく受けず、〝上〟も〝下〟もないが、それよりすこし長い、船が月面に立っている期間は、船体の軸方向に低い重力場が存在するという事実に基づいて決められたものだった。いまこのときは中心線が水平になっているので、ダークは本当は壁か天井を歩いているような気がしてならなかった。

それでも、あらゆる宇宙船の第一号をこうして訪れたことは、一生忘れられない経験となった。いま彼がのぞいている小さな舷窓は、数日後には、もの寂しい月の平原を見渡しているだろう。頭上の空は青ではなく漆黒で、星がちりばめられているだろう。目を閉じれば、そこはすでに月面で、上方の舷窓をのぞけば、空に浮かぶ地球が目に映ると想像できそうだった。ダークはそのあと何度も船を見学に行ったが、この最初の訪問でこみあげてきた感情は二度とよみがえらなかった。

不意にエアロックのなかがどやどやと騒がしくなり、コリンズがあわてていった。

「ラッシュがはじまって、だれかが踏み殺されないうちに、ここから出たほうがいいですよ。連中がもどって来ました」

コリンズが乗船してくる一行をなんとか押しとどめ、ふたりは間一髪で脱出した。ハッセル、ルデュック、テイン、ほか三人の男が——何人かは大きな機材をかかえている——先を争って船にはいろうとしているところが目に飛びこんできて、ダークは内部の状況を思い描こうとして呆然とした。なにも壊れず、だれも怪我をしなければいいのだが。

コンクリートのエプロンへ降りると、彼は緊張をゆるめて伸びをした。舷窓のひとつをちらりと見あげ、船内がどうなっているか見ようとしたが、視界が事実上ふさがれているとわかっても驚かなかった。だれかが窓の上にすわっているのだ。

「さて」お待ちかねの煙草をさしだしながら、コリンズがいった。「ぼくらのささやかなおもちゃをどう思いました？」

「あれだけの大金がどこへ行ったかわかったよ」とダークは答えた。「きみの言葉を借りれば、三人の男を道の向こう側へ渡すだけにしちゃあ、なんとも大がかりな機械仕掛けに思えるね」

「まだ見てもらいたいものがあります。打ち上げ装置を見にいきましょう」

打ち上げ軌道は、その単純きわまりないところが印象的だった。二本のレールがコンクリート・エプロンのなかではじまっている——そしてまっすぐに伸びて、地平線の向こうへ消えているのだ。これほどすばらしい遠近法の実例を見るのははじめてだった。

カタパルト台車は巨大な金属の車両で、〈プロメテウス〉が飛行速度を獲得するまで、船をつかんでいるアームをそなえていた。どんぴしゃりのタイミングで放しそこなったら、とんでもないことになるな、とダークは思った。

「秒速数マイルで五百トンを打ち上げるには、それなりの発電所がいるだろうね」と彼はコリンズにいった。「どうして〈プロメテウス〉は、自力で離昇しないんだい？」

「打ち上げ時の荷重だと、船は四百五十で失速するんですが、ラムジェットはもうちょっと速くないと動きださないからです。だから、まずスピードをあげなくちゃいけません。

打ち上げのためのエネルギーは、あそこの中央発電所から来ます。隣の小さな建物のなかにはずみ車《フライホイール》が並んでいて、離昇の寸前まで目いっぱいまわします。つぎに、それを発電機に直接つなぎます」

「なるほど」とダーク。「ゴム紐を巻いて、遠くへ飛ばすわけか」

「そういうことです」とコリンズが答えた。「〈アルファ〉を発進させれば、〈ベータ〉は過積載じゃなくなりますから、ほどほどのスピードで着陸させられます——時速二百五十マイル以下ですね。二百トンのグライダーを飛ばすのを趣味にしている者なら、簡単にやってのけますよ！」

3

長官が演壇に登ったとたん、小さな格納庫のなかでうろうろしていた群衆が、ぴたりと静まりかえった。長官はマイクとアンプを一蹴しており、その声が金属壁のあいだに朗々とひびき渡った。彼の話に合わせて、何百本もの万年筆が何百もの手帳の上をさらさらと走りはじめた。

「全員がそろったところで」とサー・ロバートは切りだした。「いくつか申しあげたいことがあります。われわれはみなさんのお仕事に援助を惜しみませんし、ご承知のとおり、五日後に迫った離昇を報道するためなら、あらゆる便宜を図りたいと思っています。

第一に、全員が船を見学するのは物理的に不可能であることをご理解いただきたい。先週はできるだけ多くの見学者を受け入れましたが、明日以降は、見学者の乗船は認められません。エンジニアが最終調整を行うことになっていますし――すでに一、二の――えへん！――記念品を失敬する事例が発生していることもいっておきます。最初の四キロ打ち上げ軌道にそった見学場所を選ぶチャンスが全員にあたえられます。

以内は、だれにとってもたっぷり余裕があるでしょう。しかし、お忘れなく——五キロ地点の赤い柵を越えてはなりません。そこでエンジンが噴射を開始しますし、過去の打ち上げのさいに生じた放射能が、わずかながら残っています。噴射がはじまれば、核分裂生成物は広範囲に飛散するでしょう。安全になりしだい警報を解除しますから、そちらに設置した自動カメラを回収するのは、そのあとにしてください。

放射線遮蔽板が船からはずされ、全体が見られるようになるのはいつなのか——大勢の人にそう訊かれてきました。明日の午後とりはずしますから、そのときなら見学に来られてもかまいません。噴射装置をご覧になりたい方は、双眼鏡か望遠鏡をお持ちください——百ヤード以内への接近は許されません。これを愚の骨頂だと思われる方がいるとしたら、よく見ようとして忍びこみ、後悔している方がふたり、ここの病院に入院していると申しあげておきましょう。

なんらかの理由により土壇場で中止になれば、打ち上げは十二時間、あるいは二十四時間、最大で三十六時間延期されます。そのあとは、つぎの月期を待たなければなりません——つまり、四週間です。船に関するかぎり、いつ月へ行くのかはたいしたちがいになりませんが、できれば昼間、いちばんようすのわかっている地域に着陸したいと思っています。

離昇から約一時間でふたつの船体は分離します。ロケットが自力で軌道に乗りはじめたとき、もし地平線より上にいれば、〈アルファ〉の噴射炎が見えるはずです。送信されてきたメッセージは、キャンプのスピーカー・システムに流したり、局所的な放送電波に載せたりして中継します。

離昇から約九十分後に、〈アルファ〉は自由落下状態で月への旅路につくはずです。最初の送信はそのころになると期待しています。そのあと三日間は、これといったことは特に起こらず、月から約三万マイルの地点で制動操船がはじまるでしょう。なんらかの理由で燃料消費の割合が高すぎた場合、着陸は行われません。船は高度数百キロで月をめぐる軌道にはいり、あらかじめ計算してあった帰還飛行のときまで、月を周回することになります。

さて、なにかご質問は？」

しばらく沈黙が降りた。と、人ごみのうしろから、だれかが声をはりあげた――

「だれが乗り組むのか、いつ教えてもらえるんですか？」

長官は悩ましげに小さな笑みを浮かべた。

「おそらく明日。しかし、どうかお忘れなく――今回のことは、個人が担うにはあまりにも大きすぎます。最初の飛行でじっさいにだれが行くかはどうでもいい。肝心なのは飛行そのものなのです」

「船が宇宙空間にあるとき、クルーと話ができますか？」

「できます。話す機会はかぎられるでしょうが。一日にいちど、一般的な交信ができるようにしたいと思います。もちろん、位置や技術的な情報は絶えずやりとりしますから、船はつねに地球上のどこかの地上ステーションと接触していることになります」

「じっさいの月着陸についてはどうですか——どうやって放送するんです？」

「クルーは多忙をきわめるので、われわれのために実況解説をすることができません。しかし、マイクは入れっぱなしにしてありますから、なにが起きているかは、かなりのところまでわかるでしょう。それに天文台からも、点火したときの噴射炎が見えるはずです。月面に吹きつければ、おそらくかなりの塵が巻きあがるでしょう」

「着陸のあとはどういう計画になっているんですか？」

「それは状況に照らしてクルーが判断します。彼らは船を離れる前に、目に映るものすべてを描写して送信するでしょうし、TVカメラがパン撮影するように設置されます。したがって、相当に見応えのある画が撮れるはずです——ところで、映像はフルカラーです。この作業に一時間ほどかかりますから、そのあいだに塵や放射性生成物は散ってしまうでしょう。そのあとクルーのうち二名が宇宙服を着用し、探査をはじめます。彼らは感想を船に送信し、これは地球へじかに中継されます。

われわれとしては、さしわたし約十キロの地域をくわしく調査できることを望んでいますが、すこしでも危険を冒すことはしません。TV中継のおかげで、なにか見つかれば、ただちに地球でも見られるでしょう。もちろん、特に見つけたいのは、月面で燃料を製造できるようにするための鉱床です。当然ながら生命の徴候も探しますが、もし見つかったら、われわれ以上に驚く者はいないでしょう」

「もし月人をつかまえたら」と、だれかがおどけていった。「動物園向けに連れ帰ってもらえますか？」

「お断りです！」サー・ロバートはきっぱりといったが、目にはいたずらっぽい光が宿っていた。「そんなことをはじめたら、われわれ自身が動物園で最期を迎えることになりますよ」

「船はいつもどって来るんですか？」と、べつの声。

「船は月時間の早朝に着陸し、午後遅くに離昇します。つまり、われわれの時間で約八日間の滞在です。帰りの旅は四日半かかりますから、合計すれば十六から十七日の旅程になります。

ほかに質問は？　よろしい、では、これで終わりとします。しかし、あとひとつだけ。技術的背景をみなさんにはっきりとつかんでもらうため、われわれはつづく数日のうちに三度の講演を予定しています。講師はテイン、リチャーズ、クリントンで、それぞれが自分の専門分野について語ります――しかし、技術的な専門用語は使いません。くれぐれもお聞き逃しのないように。ご清聴ありがとうございました！」

演説の終わりは、これ以上ないほど完璧なタイミングとなった。長官が演壇から降りたとたん、すさまじい雷鳴が砂漠の彼方から突如としてとどろき渡り、鋼鉄製の格納庫をドラムのように反響させたのだ。

三マイル離れたところで、〈アルファ〉が全出力のおよそ十分の一でエンジンをテストしているのだ。それは鼓膜を破り、歯を浮かせるような音だった。全力で噴射したらどうなるかは、想像を絶していた。

想像を絶し、知識を絶していた。というのも、その音を聞く者はいないからだ。〈アルファ〉のロケットがふたたび火を吐くとき、船は天体と天体とのあいだに広がる永遠の静寂につつまれているだろう。そこでは原爆の爆発も、冬の月の下でぶつかり合う粉雪と同じくらいひっそりとしているのである。

4

整備点検シートをデスクの上に整然と積みあげたとき、マクストン教授は疲れきった顔をしていた。なにもかもが点検された。なにもかもが完璧に作動している——完璧すぎると思えるくらいに。エンジンは明日、最終点検を行うことになっている。そのあいだに食料を二隻の船に積みこめる。〈ベータ〉が地球をまわっているあいだ、船上にクルーを待機させておかなければならないのは残念だ——彼はそう思った。だが、それは仕方がない。計器や燃料用の冷却プラントの面倒を見なければならないし、ふたたび接触するためには、どちらの機体も完全に操縦しなければならないのだ。いったん〈ベータ〉を着陸させ、二週間後にふたたび離昇させて、帰って来る〈アルファ〉を出迎えさせるべきだという考えも一部にはあった。この点に関しては喧々囂々《けんけんごうごう》の議論となったが、最終的には軌道待機派の意見が受け入れられた。〈ベータ〉はすでに大気圏のすぐ外側の位置についているのだから、そのままにしておいたほうが、余分な危険を招かずにすむからだ。

機械の準備はととのった。しかし、人間はどうだろう、とマクストンは思った。長官はもう決断をくだしたのだろうか？　彼は急に思い立って長官に会いに行った。

入室したとき、主任心理学者がすでにサー・ロバートのところにいたのに気づいても彼は驚かなかった。グローヴズ博士は親しげに会釈してきた。

「やあ、ルパート。わたしが計画全体を中止させたのではないかと心配かね？」

「もしそんなことをしたら」とマクストンがいかめしい口調でいった。「うちのスタッフでにわかクルーを編成して、わたし自身が行くよ。たぶん、けっこう立派にやってのけるだろう。だが、真面目な話、坊やたちの調子はどうなんだ？」

「申し分なしだ。三人を選ぶのは楽じゃない――でも、早く選んでもらいたいね。待たされると、不当な緊張にさらされるから。これ以上遅らせる理由はないんだろう？」

「ああ。全員が操縦について反応テストを受けているし、船にはすっかりなじんでいる。出発準備は完了だ」

「それなら」と長官がいった。「明日の朝一番で決めよう」

「どうやって？」

「約束どおり、くじ引きで。気まずい思いを防ぐには、それしかない」

「それを聞いて安心した」とマクストン。心理学者に向きなおり、

「ハッセルは、本当にだいじょうぶなんだろうな？」

「その話をするところだったんだ。だいじょうぶ、彼は行くし、本気で行きたがっている。

いまは土壇場の興奮に巻きこまれているから、それほど気に病んじゃいない。だが、まだひとつ障害がある」

「というと？」

「こんなことはまず起きないと思うが、もし彼が月にいるあいだに、こちら側でなにかあったらどうなる？　知ってのとおり、出産予定日は旅のちょうどなかごろだ」

「なるほど。最悪の場合を想定するとして、もし奥さんが亡くなったら、彼にどんな影響があるだろう？」

「簡単には答えられないな。彼はすでに、人類がこれまで経験したことのないような状況に置かれているんだ。冷静に受け入れるかもしれないし、頭がイカレるかもしれない。この危険はかぎりなく小さいとは思うが、ないわけじゃない」

「もちろん、嘘をつくことはできる」とサー・ロバートが考えこむようにいった。「しかし、わたしは目的と手段については、むかしからやかましくいってきた。そういう良心にもとるような小細工はしたくない」

しばらく沈黙がつづいた。やがて長官が言葉をつづけた――

「よし、いろいろと参考になった、博士。ルパートとわたしはこの件を話しあう。絶対に必要だと判断すれば、ハッセルに辞退を促すかもしれん」

心理学者はドアの前で立ち止まった。

「止めはしません」と彼はいった。「でも、わたしは願い下げです」

マクストン教授が長官のオフィスをあとにして、疲れた足どりで宿舎まで歩いたとき、夜空は星々でまばゆく輝いていた。目に見える星座の名前を半分も知らないことに気づいて、彼はうしろめたい気分に襲われた。いつか、ティンに名前をひとつひとつ教えてもらおう。だが、急がなくてはならない。ティンはあと三夜しか地球にいないかもしれないのだ。

左手に、煌々と明かりの灯っているクルーの宿舎が見えた。彼は一瞬ためらってから、その低い建物のほうへ足早に歩いていった。

最初の部屋――ルデュックの部屋――はもぬけの殻だった。もっとも、明かりはついていて、ちょっと留守にしているだけのようだったが。住人はすでにその個性を部屋に刻印しており、本の山があたり一面にできていた――こういう短期の滞在に持ちこんでも意味がないと思われるほど大量の本だ。マクストンは題名にちらりと視線を走らせ――大部分はフランス語だ――一、二度かすかに眉毛を吊りあげた。つぎにフランス語の大きな辞書を見る機会があったときにそなえて、単語をひとつかふたつ脳裏に刻みこむ。

ピエールのふたりの子供が模型のロケットにうれしそうにすわっている魅力的な写真が、デスクの上の特等席を占めていた。目がさめるほど美しい彼の妻の肖像写真は、ドレッシング・テーブルの上に立っていたが、家庭らしい雰囲気は、壁にピンで留められたほかの若い女性六人の写真のために、いくぶん帳消しになっていた。

マクストンは隣の部屋へ移動した。そこはたまたまテインの部屋だった。ここでルデュックと若い天文学者がチェスの対局に没頭していた。マクストンはしばらくふたりの戦いぶりを論評しながら見ていたが、いつもながら、ゲームをだいなしにされたと非難される結果となった。これを受けて彼は勝ったほうに挑戦すると申し出た。ルデュックが勝ち、マクストンはおよそ三十手で彼をあっさりと負かした。

「これで、きみたちも自信過剰におちいらずにすむだろう」とチェス盤が片づけられるなか、マクストンがいった。「グローヴズ博士によると、それがきみたちに共通する欠点だそうだ」

「グローヴズ博士は、ほかになにかいってましたか?」と、苦心してさりげなさを装ってルデュックが訊いた。

「そうだな、きみたち全員がテストに合格し、ハイスクールへ通えるようになったといっても、医者の守秘義務には違反しないだろう。そうだよ、明日の朝一番に宝くじを引いて、三匹のモルモットを選ぶんだ」

それを聞いた者たちの顔に安堵の表情が浮かんだ。たしかに、最終選抜がくじ引きになるとは、約束されたも同然だった。しかし、いままで確実ではなかったし、全員が競争相手になるかもしれないという思いが、ときに彼らの関係に緊張をもたらしていたのである。

「ほかの坊やたちはいるのかい?」とマクストン。「行って、教えてやろうと思うんだが」

「ジミーはきっと寝てますね」とティン。「でも、アーノルドとヴィックはまだ起きてますよ」

「そうか。朝になったら、また会おう」

リチャーズの部屋から聞こえてくる奇妙な物音のおかげで、カナダ人はぐっすり眠りこんでいることがわかった。マクストンは廊下を先へ進み、クリントンのドアをノックした。目の前の光景に、危うく息をするのを忘れそうになった。そこはマッド・サイエンティストの実験室を模した映画セットといっても通りそうだった。真空管と電線にからまって床に寝そべっているクリントンは、ブラウン管のオシロスコープにすっかり魅せられているようだった。そのスクリーンは、絶えず移り変わる幻想的な幾何学図形で埋まっていた。背景では、当然ながらあまり知られていないラフマニノフのピアノ協奏曲第四番をラジオが静かに奏でており、マクストンにもだんだんわかってきたのだが、スクリーン上の図形と音楽が同期しているのだった。

いちばん安全な場所に思えるベッドによじ登り、あたりを眺めていると、クリントンがようやく床から体を引きはがした。

「きみの気がたしかだと仮定して」とうとうマクストンはいった。「いったいぜんたい、なにをしようとしているのか教えてもらえるかな？」

クリントンは足の踏み場もない床をおそるおそる爪先立ちで歩き、彼の隣に腰を降ろした。

「何年も温めてきたアイデアなんです」と申しわけなさそうな口調で説明する。

「まあ、故ミスター・フランケンシュタインの身になにが起きたのか、忘れないでくれよ」

真面目一徹のクリントンは、その言葉に反応できなかった。

「これを万華響《カレイドフォン》と呼んでいます。音楽のようなリズミカルな音を、心地よくて対称的だけれど、絶えず変化する視覚的パターンに変換するというアイデアです」

「面白いおもちゃになりそうだ。でも、ふつうの保育所がこれだけの数の真空管を購入できるかな？」

「おもちゃじゃありません」と、すこし傷ついた声でクリントン。「TV業界の人間や、漫画映画の会社なら、とても重宝だと思うはずです。長い音楽放送は決まって退屈するものですが、その幕間を埋めるのに理想的なんです。じっさい、これで多少は稼げるんじゃないかと思っているんです」

「おいおい」マクストンはにやりとした。「もしきみが月へ一番乗りする人間のひとりになったら、老後に溝で飢え死にする危険があるとはとうてい思えないな」

「まあ、そうでしょうね」

「わたしが立ち寄った本当の理由は、明日の朝一番でクルーを選ぶくじ引きをすると伝えるためだ。それより先に感電して死ぬんじゃないぞ。つぎはハッセルに会ってくる――じゃあ、おやすみ」

マクストン教授がノックし、部屋にはいったとき、ハッセルはベッドに横になって本を読んでいた。

「やあ、教授。こんな遅い時間にどうしたんです？」

マクストンは単刀直入に要点にはいった。

「明日の朝、くじ引きをしてクルーを決める。きみに知らせておこうと思ってね」

ハッセルはしばらく無言だった。

「つまり」と、かすかにしわがれた声で彼はいった。「ぼくら全員が合格したってことですか？」

「おいおい、ヴィック」マクストンは本気で抗議した。「自信がなかったなんて、まさか、きみがいうんじゃないだろうな！」

ハッセルは彼と目を合わせるのを避けているようだった。ドレッシング・テーブルの上の妻の写真にも目を向けないようにしている、とマクストンは気づいた。

「みんな知ってるように」と、じきにハッセルがいった。「ずっと気がかりでした――モードのことが」

「それはごく当たり前のことだが、万事順調なんだろう。ところで、その子になんて名前をつけるんだね？」

「ヴィクター・ウィリアム」

「ほう、ヴィック・ジュニアが生まれたら、世界一有名な赤ん坊になるだろうな。TVの方式が一方通行なのは残念だ。帰ってきて、その子に会えるようになるまで、おあずけを食わなきゃならない」

「帰ってこられたらですが」とハッセル。

「なあ、ヴィック」マクストンがきっぱりといった。「きみは行きたいんじゃないのかね？」

ハッセルは恥じ入りながらも反抗的に顔をあげた。

「もちろん、行きたいですよ」と嚙みつくような口調でいう。

「それならけっこう。ほかの四人と同じように、きみには選ばれるチャンスが五分の三ある。だが、今回はツキに見放されても、二度めの飛行には参加することになるだろう。そのほうが、いろいろな点で重要なんだ。そのころには基地を建設する最初の試みをしているはずだから。それで埋めあわせがつくんじゃないかね？」

ハッセルはしばらく無言だった。それから、いくぶん沈んだ声でいった。

「歴史が記憶するのは最初の飛行ですよ。そのあとは、いっしょくたです」

癇癪を起こすならいまだ、とマクストン教授は判断した。必要に迫られた場合、彼はこのうえなく巧みにその真似ができるのだ。

「耳の穴をかっぽじって聞くんだ、ヴィック」彼は怒鳴り散らした。「あのろくでもない船を造った連中はどうなる？　自分の番がめぐって来るまで、われわれが十回、二十回、百回と好きで待つと思うのか？　もしきみが名声をほしがるような大ばか者だとしたら――まったく、きみは忘れてしまったのか――だれかが火星へ行く最初の船を操縦しなければならないんだぞ！」

爆発がおさまった。そのときハッセルが彼に白い歯を見せ、小さな声で笑いはじめた。

「それを約束と受けとってもいいんですね、教授？」

「ばかいえ、約束するのはわたしじゃない」

「ええ、そうなんでしょう。でも、おっしゃりたいことはわかりました――今回、船に乗りそこなっても、やけを起こしたりしません。これで、やっと眠れそうです」

5

長官がマクストン教授のオフィスへ紙くず籠を慎重に運びこむ光景は、ふだんだったら多少の笑いを誘ったとしても不思議はない。だが、いまはだれもが厳粛な面持ちで、はいって来る長官を見つめていた。ルナ・シティのどこを探しても山高帽はないらしく、紙くず籠が、威厳という点では劣る代用品の役割を果たすことになったのだった。

うしろのほうで苦労して無頓着を装っているクルーの五人をのぞけば、部屋のなかにいる人間はマクストン、マカンドルーズ、二名の管理スタッフ——そしてダークだけだった。ダークがそこにいる理由は特になかったのだが、マカンドルーズが招いてくれたのだ。広報部長はこういうことにかならず便宜を図ってくれたが、公式の歴史に自分の足場を築こうとしているのではないか、とダークは強く疑っていた。

マクストン教授が、デスクから十二枚の小さな紙切れをつまみあげ、指にはさんでひらひらさせた。

「さて——みんな準備はいいかな？　この紙切れにひとりひとり名前を書いてもらう。神経が高ぶりすぎて字の書けない者がいたら、×印を書けばいい。われわれが証人になる」

この軽口で緊張がかなりほぐれ、署名のすんだ紙切れをたたんで返すときには、冷ややかしの声があがった。

「よし。では、これを白紙とまぜ合わせる——こうだ。さあ、くじを引きたい者は?」

一瞬のためらいがあった。と、申しあわせたかのように、ほかの四人のクルーがハッセルを前へ押しやった。マクストン教授が籠を彼のほうへさしだしたとき、ハッセルはおどおどしているように見えた。

「イカサマはなしだぞ、ヴィック」とマクストンはいった。「それに、いちどに一枚だけだ! 目を閉じて、手を入れたまえ」

ハッセルは籠に手を突っこみ、紙切れの一枚を引っぱりだした。それをサー・ロバートに渡すと、長官がすばやく開いた。

「白紙」と彼はいった。

肩すかしを食らったかのように、ため息が小さくもれた——それとも、安堵のため息だろうか?

つぎの紙切れ。またしても——

「白紙」

「おい、みんな透明インクを使ってるのか?」とマクストン。「もういちどだ、ヴィック」

　こんどは当たりだった。

「P・ルデュック」

　ピエールがひどい早口のフランス語でなにかいい、喜びの絶頂という顔をした。だれもが彼にあわただしくおめでとうをいい、すぐにハッセルに向きなおった。

　彼はつづけて二度目の大当たりを引いた。

「J・リチャーズ」

　いまや緊張は頂点に達していた。ダークが注意深く見ると、五枚目の紙切れを引きだすとき、ハッセルの手はごくわずかに震えていた。

「白紙」

「またかよ！」と、だれかがうめいた。まったく、そのとおりだった。

「白紙」

　それでも三度目の正直ということがある――

「白紙」

　このところ息をするのを忘れていただれかが、長く深いため息をついた。

　ハッセルが八枚目の紙切れを長官に渡した。

「ルイス・テイン」

緊張が破れた。選ばれた三人のまわりにだれもが群がった。一瞬、ハッセルは身じろぎひとつせずに立ちつくした。それから、ほかの者たちのほうに向きなおった。その顔にはまったくなんの感情も表れていなかった。そのときマクストン教授が彼の肩をポンとたたき、ダークには聞こえないことをいった。ハッセルの顔がやわらぎ、彼はゆがんだ笑みを返した。「火星」という言葉がはっきりと聞こえた。それから、陽気そのものといった顔で、ハッセルは友人たちを祝福する輪に加わった。

「もういいだろう！」長官が満面に笑みを浮かべて大声をあげた。「わたしのオフィスに来てくれ――まだあけてない瓶が何本かその辺にあるかもしれん」

一同は隣の部屋までぞろぞろと歩いた。マカンドルーズだけは、記者たちをつかまえなければならないといい訳して去っていった。つぎの十五分間、長官が明らかにこのときのために入手しておいた極上のオーストラリア産ワインで、落ち着いた乾杯がくり返された。そのあとこのささやかなパーティーは、おおむね安堵まじりの満足感につつまれてお開きとなった。ルデュック、リチャーズ、テインはカメラの前に立つため引っぱられていき、いっぽうハッセルとクリントンは、しばらく居残って、サー・ロバートと話しあった。長官が彼らになにをいったのか、正確なところはだれにもわからないが、部屋から出てきたとき、ふたりともすこぶる上機嫌に見えた。

ささやかな祝典が終わると、ダークはマクストン教授にくっついた。教授はひどく満足げに調子はずれの口笛を吹いていた。

「終わって肩の荷が降りたってところですか」とダーク。

「まさにそのとおりだよ。これでみんな、自分の立場がわかったわけだ」

ふたりは肩を並べ、二、三ヤード無言で歩いた。やがてダークが、ひどく無邪気にこういった。

「わたしにちょっと変わった趣味があることは話しましたっけ？」

マクストン教授はぎくりとしたようだった。

「いいや。どういう趣味だね？」

ダークは申しわけなさそうに咳払いした。

「かなり腕のいいアマチュアの奇術師ということになっています」

マクストン教授は口笛をぴたりとやめた。重苦しい沈黙が降りた。やがてダークが安心させるようにいった。

「心配はいりません。ほかのだれも気づかなかったのは、まずたしかですから――とりわけハッセルは」

「きみは」とマクストン教授がきっぱりといった。「忌々しい厄介者だ。どうせこの件をきみのろくでもない歴史書に書きこみたいんだろう？」

ダークはクスクス笑った。

「ことによると。もっとも、わたしはゴシップ・ライターじゃありません。あなたが手に隠したのは、ハッセルの紙切れだけでしたね。とすれば、ほかの者たちは偶然に選ばれたんでしょう。それとも、長官が読みあげる名前を前もって決めてあったんですか？　たとえば、あの白紙は全部が本物だったんですか？」

「この疑り深い悪党め！　いや、ほかの者は本当に公正なくじ引きで選ばれたんだ」

「これからハッセルはどうすると思います？」

「打ち上げに立ち会うために残るだろう。それでも家でくつろぐ時間はある」

「で、クリントンは――どう受けとりますかね？」

「彼は冷静な質だ。気に病んだりはしないだろう。ふたりをただちにつぎの飛行計画に従事させる。だからひがんだり、腐ったりしている暇はないはずだ」

彼は不安げにダークのほうを向いた。

「この件は永久に口外しないと約束してくれるね？」

ダークはにやりと笑った。

「『永久に』とは、またえらく長い時間ですね。二〇〇〇年までということで、手を打ちませんか？」

「つねにあとのことを考えているというわけかね。いいだろう――二〇〇〇年までだ。しかし、ひとつ条件がある！」

「というと?」

「きみの報告書を署名入りの豪華版でもらいたい。老後の楽しみに読ませてもらうよ!」

6

ダークが序文の下書きをしていたとき、電話がけたたましく鳴った。電話が部屋にあるという事実そのものが、いくぶん驚くべきことだった。はるかに重要な人々の多くに電話がなく、しじゅう彼の電話を借りに来るからだ。しかし、オフィスを割り当てるさいにそういうことになったのであり、彼はいまにも電話を失うだろうと覚悟していたものの、その装置をはずしにきた者はまだいなかった。

「あなたですか、ダーク？　レイ・コリンズです。〈プロメテウス〉の遮蔽板をはずしたんで、やっと船の全貌が見られますよ。どうやってエンジンをいじるのかって、たずねたのを憶えてますか？」

「ああ」

「来たら、見学できますよ。一見の価値はあります」

ダークはため息をつき、メモを片づけた。いつの日か本格的にとりかかり、そのとき歴史は恐ろしいほどの勢いで形をなすだろう。心配はまったくない。自分の仕事のやり方は、いまではわかっているのだから。すべての事実を整理する前に書きはじめてもうまくいかないし、まだいまのところ、メモと参考文献の索引作りが終わっていないのだ。

底冷えのする日で、彼は着ぶくれするほど重ね着をして、〃オックスフォード・サーカス〃のほうへ歩いていった。ルナ・シティの交通の大部分がこの交差点に集まっており、打ち上げ場まで車に便乗することができるはずだった。輸送機関は基地では貴重であり、数すくないトラックや自動車の利用権をめぐって、各部門のあいだで絶えず争奪戦がくり広げられていた。

寒いなかで十分ほど足踏みしたあと、同じ用向きのジャーナリストを満載したジープが、轟音をあげて通りかかった。それはなんとなく旅まわりの光学用品店のように見えた。カメラ、望遠鏡、双眼鏡で針山のようになっていたからだ。にもかかわらず、ダークはショーウィンドーの陳列品のあいだに、なんとか潜りこんだ。

ジープは旋回して駐車場へはいり、だれもが機材をかかえて車から降りた。ダークは、とりわけ大きな望遠鏡と三脚を持った、ひどく小柄な記者に手を貸した——親切心からでもあったが、それをのぞかせてもらえるだろうという下心もあった。

二隻の巨大な船は、いますべてのおおいと遮蔽板をはずして横たわっていた。はじめてその大きさとプロポーションを心おきなく見られるようになったのだ。なにげなく見ると、〈ベータ〉はかなり月並みなデザインの、ありきたりな旅客機と受けとられても不思議はない。航空機について門外漢のダークなら、地元の空港から飛び立つところを見たとしても、わざわざ見直しはしないだろう。〈アルファ〉は、もはや巨大な砲弾そっくりとはいえなかった。宇宙船の無線機器や航法機器がいまや伸ばされており、その輪郭は、林立する各種のマストや張り出し材でだいなしになっていた。船内のだれかが操縦装置を動かしているにちがいない。ときおりマストが引っこんだり、もっと伸びたりするからだ。

ダークは見学者集団のあとについて船の後部へまわった。大雑把に三角形の地域がロープで仕切られており、〈プロメテウス〉がその頂点、彼らが底辺にいる形だった。船の推進装置にいちばん近くまで寄ったとしても、およそ百ヤードの距離があった。ぱっくりと口をあけたノズルをのぞきこむと、ダークは特に近づきたいとは思わなかった。

カメラと双眼鏡が活動をはじめ、じきにダークは、なんとか望遠鏡をのぞかせてもらった。ロケット・エンジンは目と鼻の先にあるように思えたが、暗黒と神秘に満ちた金属の窖《あなぐら》しか見えなかった。そのノズルから、まもなく数百トンもの放射能ガスが時速一万五千マイルで噴きだすことになるのだ。その向こう側の暗がりに、人が二度と近づけない原子炉が隠れているのである。

だれかが立入禁止区域を通って——だが、ロープの仕切りのすぐそばを離れないようにしながら——こちらへやって来るところだった。その男が近づくにつれ、コリンズ博士だとわかった。工学者はダークに白い歯を見せて、こういった。

「ここに来れば見つかると思いました。ちょうど整備スタッフの到着を待っているんです。立派な望遠鏡をお持ちですね——見せてもらえますか？」

「わたしのじゃないんだ」とダークは説明した。「こちらの紳士の持ち物でね」

小柄なジャーナリストは、教授が見てくだされればうれしい——ついでに、どこを見ればいいのか説明してくだされば、もっとうれしいという態度だった。

コリンズは数秒間、熱心にのぞいていた。それから背すじを伸ばして、こういった。

「あいにくですが、いまのところ、見るものはたいしてありません——ジェット・エンジンにスポットライトを当てて、内部を照らすべきですね。でも、すぐにその望遠鏡があってよかったと思いますよ」

彼は口もとをわずかにゆがめた。

「なんだか妙な気分ですよ、じっさい」とダークにいう。「自分が作るのに手を貸して——自殺を図るのでもなければ、二度と近づけない機械を見るというのは」

彼がしゃべっているうちに、なんとも風変わりな車がコンクリートをよぎって近づいてきた。それは非常に大型のトラックで、TV局が屋外中継に使う車に似ていないこともなく、ダークには唖然として見つめることしかできない機械を引っぱっていた。それが通り過ぎるときに受けた印象は、継ぎ目のあるレヴァー、小型の電気モーター、チェーン伝動、ワーム歯車、その他のわけのわからない装置がごたまぜになっているというものだった。
二台の車は、危険区域のすぐ内側で止まった。大型トラックのドアが開き、六人の男が降りてきた。彼らはトレイラーを切り離し、トラックの前面にあるドラムからほどいた三本の太い外装ケーブルにつなぎはじめた。

奇妙な機械が不意に生き返った。まるで機動性をテストするかのように、それは小さなバルーン・タイヤで前進をはじめた。継ぎ目のあるレヴァーが曲げ伸ばしをはじめ、機械に生命が宿っているという不気味な印象をあたえた。ややあって、それは目的ありげに〈プロメテウス〉のほうへ移動しはじめ、大きいほうの機械も同じスピードでそのあとについていった。

コリンズが、呆気にとられたダークと、驚きを隠せない周囲のジャーナリストたちに満面の笑みを見せた。

「あれはブリキ《ティン》のリジーです」と紹介の口調でいう。「正真正銘のロボットではありません。あれの動きは、ひとつ残らずトラックのなかの男たちがじかに制御していますから。あれを動かすのは三人がかりで、世界でいちばん熟練技のいる仕事のひとつです」

リジーはいま〈アルファ〉のエンジンの数ヤード以内にあり、後輪駆動で何度か正確な足さばきを見せたあと、静かに停止した。正体不明の機械部品をいくつかさげている細長いアームが、例の不気味なトンネルの奥に姿を消す。

「遠隔整備用機械は」と興味津々の聴衆にコリンズが説明した。「つねに原子力工学のもっとも重要な周辺分野のひとつでした。最初に大規模に開発されたのは、大戦中のマンハッタン計画のため。以来、それ自体がひとつの産業になっています。リジーはひときわ目立つ産物のひとつにすぎません。あれは腕時計だって修理できます——いや、すくなくとも目ざまし時計なら！」

「操作員はどうやってあれを制御するんだい？」とダーク。

「あのアームにはTVカメラがついているから、じかに見ているかのように、仕事ぶりを見ることができます。すべての動きは、あのケーブルを通して制御されるサーヴォ・モーターが実行します」

リジーがいまなにをしているのかは、だれにも見えなかった。長い時間がたってから、それはロケットからゆっくりと後退した。長さ三フィートほどの、おかしな形をした棒を金属の鉤爪でしっかりと握っている。二台の車は仕切りまでの距離の四分の三ほど後退し、それらが近づいてくると、ジャーナリストたちはロボットの鉤爪に握られた、くすんだ灰色の物体からあわてて遠ざかった。とはいえ、コリンズはその場を動かなかったので、とどまっても安全にちがいないとダークは判断した。

いきなりビーッという耳ざわりな音が、工学者の上着のポケットからあがり、ダークは空中に一フィートも跳びあがった。コリンズが片手をあげると、ロボットが四十フィートほど離れたところで停止した。操縦者たちは、TVの目を通してこちらを見ているにちがいない、とダークは察しをつけた。

コリンズが両腕をふると、棒がロボットの鉤爪のなかでゆっくりと回転した。放射線アラームのビーッという音がだしぬけにやんで、ダークはまた息ができるようになった。

「ああいう不規則な形をした物体からは、たいてい方向性を持った放射線が出るんです」とコリンズが説明した。「もちろん、われわれはまだあれの放射線フィールド内にいるわけですが、非常に微弱なので危険はありません」

彼は持ち主に一時的に放棄された望遠鏡のほうを向いた。

「こいつは好都合だ。自分で視覚的検査をするつもりはありませんでしたが、この絶好の機会を見逃す手はありません――まあ、この距離で焦点を合わせられたらの話ですが」

「正確にはなにをしようというんだい？」友人が接眼レンズをいっぱいまで伸ばすなか、ダークがたずねた。

「あれは原子炉の反応部分のひとつなんです」と、うわの空でコリンズ。「放射能を点検したいんですよ。ふーむ――ちゃんと耐えているようだ。のぞいてみたいですか？」

ダークは望遠鏡ごしに目をこらした。最初は金属らしきものが数インチ四方見えるだけだった。やがて、それはある種のセラミック・コーティングだと判断した。あまりにも近いので、表面の肌理《きめ》がはっきりと見分けられた。

「さわったら、どうなるんだ？」

「ガンマ線と中性子線で、ひどい遅効性の火傷を負うのは確実です。長いことそばにいれば、命がありません」

数インチしか離れていないように思える、その罪のなさそうな灰色の表面を、ダークは怖いもの見たさでじっと見つめた。

「どうやら、原爆のかけらも、あれとそっくりに見えるんだろうな」

「とにかく、無害な点はまったく同じです」とコリンズが同意した。「でも、ここに爆発の危険はありません。われわれの使用する核分裂物質は、すべて変性されていますから。苦労に苦労を重ねれば、爆発させられるかもしれません――でも、ごくごく小さな爆発ですね」

「それはどういう意味だい？」と疑わしげにダークがたずねる。

「ええと、ドカンとでかい音がするだけです」とコリンズが陽気にいった。「いますぐ数字をあげるわけにはいきませんが、おそらく数百トンのダイナマイトと五十歩百歩でしょう。心配はまったくありませんよ！」

7

　幹部職員のラウンジへ来ると、ダークはいつもすこしさびれたロンドンのクラブへ来たような気がした。ロンドンのクラブには――繁盛しているものも、そうでないものも――いちども行ったことがないという事実は、この強い確信を揺るがしはしなかった。

とはいえ、ラウンジ内ではいついかなるときも英国人集団は少数派であるらしく、世界じゅうのほぼすべての訛りが、ここでは一日じゅう聞かれるのだった。そうであっても、骨の髄まで英国人であるバーテンと、そのふたりの助手から発していると思《おぼ》しい、この場の雰囲気にはなんのちがいもなかった。あらゆる猛攻撃を浴びながらも、彼らはルナ・シティの社交の中心であるここにユニオン・ジャックをひるがえしつづけていた。いちどだけ領土の一部を明けわたしたことがあったが、そのときでさえ、敵はすみやかに撃退された。半年前、アメリカ人が新品のコカコーラの自動販売機を輸入し、それはしばらくのあいだ、くすんだ木の羽目板を背に燦然と輝いていた。しかし、長つづきはしなかった。何度かあわただしく協議が持たれ、深夜の工作室で大工仕事が盛んに行われた。ある朝、喉の渇いた客が来てみると、そのクロミウムの外板が姿を消しており、故チッペンデール氏の小傑作といっても通りそうなものから、いまや飲み物を手に入れなければならなくなっていた。こうして現状は回復されたが、どうしてそうなったかに関しては、バーテンは知らぬ存ぜぬを決めこんだ。

ダークはつねにすくなくとも一日にいちどは立ち寄って、郵便物を回収したり、新聞を読んだりした。夕方になると、そこはたいてい混みあってくるので、彼としては自分の部屋にいるほうを好んだが、今夜はマクストンとコリンズに隠れ処から引っぱりだされたのだった。会話はふだんどおり、目前に迫った事業からあまり遠くへ離れることはなかった。

「明日のテインの講義に行こうと思っています」とダーク。「月の話をするんでしょう？」

「ええ。自分が行くとわかっているいま、きっと彼はかなり慎重になりますよ！　うかつなことをいうと、前言撤回になりますから」

「好きにやっていいと彼にはいってある」とマクストンが説明した。「おそらく長期の計画と、月を燃料補給基地に使って惑星へ到達する件について話すだろう」

「そいつは面白そうですね。リチャーズとクリントンは、ふたりとも工学の話をするでしょうし、そいつはもう耳にたこができるほど聞きました」

「ありがたいお言葉だ！」とコリンズが笑い声をあげた。「われわれの努力が評価されていると知ってうれしいですよ！」

「じつは」とダークが唐突にいった。「わたしは大きな望遠鏡で月を見たことさえないんです」

「今週の晩ならいつでも手配できますよ――たとえば、あさっての晩。そのときだと月齢はたったの一日です。かなりいい眺めを見せてくれる望遠鏡が、ここには何台かありますよ」

「太陽系のどこかに」とダークが考えこんだようすでいった。「生命が――つまり、知的生命が――見つかるんでしょうか？」

長い間があった。やがてマクストンが唐突にいった。

「そうは思わないな」

「なぜです？」

「こういう見方をしたまえ。石斧から宇宙船まで来るのに、われわれは一万年しかかからなかった。つまり、惑星間飛行は、どんな文化でも発展のごく早い段階にやって来るにちがいないということだ――もちろん、その文化が科学技術的な線にそって進歩すればの話だがね」

「でも、かならずしもそうじゃありませんよ」とダーク。「先史時代を加えれば、宇宙船まで百万年かかったことになります」

「それでも太陽系の年齢の千分の一――あるいは、それ以下――だ。もし火星に文明があったとしたら、おそらく人類がジャングルから出てくる前に滅びただろう。もしまだ繁栄しているのなら、とっくのむかしにわれわれのもとへ訪ねてきたはずだ」

「その説はもっともらしすぎるから」とダークは答えた。「きっと正しくないんでしょう。それ以上に、過去に訪問があったように見える出来事は、いくらでも見つかりますよ。その生き物だか船だかは、われわれの見かけが気に入らなくて、また出ていったようですが」

「ああ、そういう記録はいくつか読んだことがある。それも非常に興味深い。だが、わたしは懐疑主義者だ。かつてなにかが地球を訪れたのだとしたら――わたしは疑わしいと思うが――それがほかの惑星から来たのだとしたら、大いに驚くだろう。空間と時間はあまりにも大きいので、道を渡っただけのところに隣人がいるなんて、とうていありそうにない」

「それは残念です」とダーク。「宇宙飛行のもっともわくわくする点は、ほかのタイプの精神と出会う可能性を開いてくれることだと思います。そうなれば、人類もそれほど孤独には思えなくなるでしょう」

「まったくそのとおりだ。しかし、われわれだけで静かに太陽系を探査することにつぎの数百年を費やせるなら、そのほうがいいかもしれん。それが終わるころには、われわれもずっと知恵が身についているだろう――つまり、ただの知識ではなく、知恵だよ。ひょっとしたら、そのときにはほかの種族と接触する用意ができているかもしれん。さしあたりは――ともあれ、われわれはヒトラーからまだ四十年しかたっていないんだ」

「それなら、どれくらい待たなければならないと思いますか」と、すこしがっかりした声でダーク。「べつの文明と最初の接触を果たすまでは」

「だれにもわからんよ。時間的にはライト兄弟と同じくらい近いかもしれん――あるいは、ピラミッドの建設と同じくらい遠いかもしれん。もちろん、〈プロメテウス〉が月に着陸する明日から一週間以内に起きるかもしれん。だが、まずそういうことにはならないだろう」

「われわれはいつか星々まで行くと、本気で思いますか？」とダーク。

マクストン教授はしばし無言で、考えこむように紫煙をくゆらせていた。

「そう思うよ。いつの日か」と彼はいった。

「どういうふうに？」ダークは食いさがった。

「五十パーセント以上の効率で機能する原子力推進を手に入れられたら、光に近い速さを出せる――とにかく、その四分の三くらいまでは。それは、星から星への旅に五年ほどかかるという意味だ。長い時間だが、それでもわれわれのような短命の生き物にとってさえ不可能ではない。そしていつの日か、われわれは現在よりもずっと長生きになるだろう。

はるかに長生きにね」

ダークの脳裏に、不意に外部の観察者の視点から見た自分たち三人の姿が浮かんだ。ときどきこういうふうに自分を客観的に見る瞬間があり、ものの見方が偏らないようにするのに役立っていた。ここに自分たちはいる。三十代の男ふたりと五十代の男ひとりが、飲み物を載せた低いテーブルを囲む肘掛け椅子にすわっている。三人はビジネスマンで、商談しているところかもしれないし、ゴルフを一ラウンドまわって休んでいるところかもしれない。背景はごくごくありふれている。ときおり日常の会話の断片が、ほかのグループから流れてくるし、隣の部屋からは卓球の「カチン」という音がかすかに聞こえてくる。

そう、株式や債券、あるいは新車、または最新のゴシップを話題にしていたのだとしても不思議はない。だが、じっさいは、どうやって星々まで行こうかと考えているのだ。

「現在の原子力推進は」とコリンズがいった。「一パーセントの約百分の一の効率です。したがって、アルファ・ケンタウリへ行くことを考えるのは、まだかなり先になるでしょう」

（背景では飾り気のない声がいっていた――「おい、ジョージ、ぼくのジン・アンド・ライムはどうなったんだ？」）

「もうひとつ質問があります」とダーク。「光速より速く飛べないというのは絶対にたしかなんですか？」

「この宇宙では、そうです。あるゆる物体にとって、それが制限速度です。たったの時速六億マイルがね！」

（「ビターを三つ、頼むよ、ジョージ！」）

「それでも」とマクストンが言葉をじっくりと選ぶようにしていった。「ぬけ道があるかもしれん」

「どういう意味です？」ダークとコリンズが異口同音に訊いた。

「われわれの宇宙では、二点は何光年も離れているかもしれん。だが、もっと高次の空間では、くっつきそうになっているかもしれん」

（「〈タイムズ〉はどこだ？　ちがうよ、このまぬけ、ニューヨークなんたらじゃない！」）

「ぼくは四次元とは一線を画しますよ」コリンズがにやりと笑いながらいった。「ぼくにはちょっとばかり空想的すぎる。なにしろ地に足のついたエンジニア――のつもりですから！」

（隣の卓球ルームでは、まるで勝者がうっかりネットを飛び越え、対戦相手と握手したような音がした。）

「今世紀のはじめに」とマクストン教授がいい返した。「地に足のついたエンジニアたちは、相対性理論について同じように感じていた。しかし、一世代後には、相対性理論が彼らに追いついたんだ」彼はテーブルに肘を載せ、遠くを見る目つきをした。

「つぎの百年のうちに」と彼は言葉を選ぶようにしていった。「いったいなにが起きるんだろうね？」

大型のカマボコ兵舎は、基地の暖房システムと連結されているはずだったが、そうと気づく者はいないだろう。ダークはルナ・シティの生活に慣れていたので、ぬけ目なくコートを持参していた。この初歩的な用心を怠った聴衆のなかの不運な者たちは、気の毒としかいいようがない。講演が終わるころには、外惑星の状況について、身にしみてわかっているだろう。

8

講演の開始予定時刻からまだ五分しかたっていないのに、すでに二百人ほどがベンチにつき、さらに多くの者が続々とつめかけていた。部屋の中央では、ふたりの電気技師が心配顔で反射投影機《エピスコープ》に最後の調整を加えていた。六脚の肘掛け椅子が演壇の真正面に置かれており、大勢の羨望の的となっていた。まるで貼り紙がしてあるかのようにはっきりと、それは世界に宣告していたのだ――「長官予約席」と。

兵舎の奥にあるドアが開き、サー・ロバート・ダーウェントがはいってきた。ティン、マクストン教授、それにダークには見憶えのない数名がつづく。サー・ロバート以外の全員が最前列にすわり、中央の座席はからっぽのまま残された。

長官が演壇にあがったとたん、足を動かす音やひそひそ声がやんだ。長官は鳴り物入りで幕をあけようとしている大興行主のように見える——ダークはそう思った。ある意味で、彼はそのとおりのものなのだ。

「ミスター・ティンが」とサー・ロバートがいった。「われわれの最初の遠征の目的について、親切にも話してくれることになりました。彼はその計画立案者のひとりであり、その一翼を担うことにもなっておりますから、彼の見解を多大な興味を持って聞くことができるでしょう。月について語ったあと、ミスター・ティンはそれ以外の太陽系についてわれわれが温めている計画について——あー——ざっくばらんに論じてくれると思います。遠く冥王星にいたるまで、彼は周到な計画を練っているはずです。では、ミスター・ティン」——（拍手）

演壇に登る天文学者を、ダークはじっくりと観察した。これまでティンにはあまり注意を払ってこなかった。それどころか、ハッセルとの偶然の出会いをのぞけば、クルーのだれかを観察する機会にはほとんど恵まれなかったのだ。

ティンはやや小太りの青年で、じっさいは三十に手が届くところだが、二十代なかばにしか見えなかった。宇宙航行学はたしかに若者を惹きつけるようだ、とダークは思った。三十五歳のリチャーズが、同僚たちに年寄りあつかいされるのも無理はない。

口を開くと、ティンの声はそっけなく、きびきびしていて、その言葉は兵舎の隅々まではっきりと届いた。話しぶりは流暢だったが、彼にはチョークをお手玉するという、いらだたしい癖があった——しかも、しょっちゅう受けそこなうのだ。

「月全体については、それほど多くを語るまでもありません。すでにみなさんは、この何週間かのうちに、いやというほど月について読むなり聞くなりされてきたのですから。しかし、わたしがお話しするのは、われわれが着陸を意図している場所と、そこへ着いたらやりたいと思っていることについてです。

まず第一に、これが月全体の景観です（スライド1をお願いします）。満月で、太陽は円盤の中心で真上から照っていますから、なにもかも平坦で、つまらないものに見えます。右下にあるこの暗い部分がマーレ・インブリウムで、われわれはここに着陸します。

さて、これは月齢九の月です——われわれが到着するとき、地球から月はこのように見えるでしょう。太陽は斜めから照りつけていますから、中心近くの山々が非常にくっきりと映っているのがおわかりでしょう——山々の落とすこの長い影をご覧ください。

近寄って、マーレ・インブリウムをくわしく調べてみましょう。ところで、この名前は〈雨の海〉を意味しますが、もちろん海ではありませんし、ここはもちろんのこと、月のほかのどこにも雨は降りません。望遠鏡が発明される以前の時代に、むかしの占星術師たちがここをそう呼んでいたのです。

このクローズアップから、〈海〉《マーレ》がかなり起伏の乏しい平原で、最上部（ところで、こちらが南です）でこの壮大な山脈――月のアペニン――に囲まれているのがおわかりでしょう。北にはもっと小規模な山脈、つまりアルプスがあります。ここの縮尺で距離感がつかめるでしょう。たとえば、あのクレーターは、さしわたしがおよそ五十マイルです。

この地域は月でもっとも興味深い場所のひとつであり、最高の景観に恵まれているのはまちがいありませんが、最初の訪問では狭い範囲を探検することしかできません。われわれはこのあたりに着陸する予定で（つぎのスライドをお願いします）、この地域を最大の倍率で拡大した図がこれです。二百マイル離れた宇宙空間から肉眼で見えるとおりです。

正確な着陸地点は、接近するあいだに決定されます。最後の百マイルはゆっくりと降下しますから、ふさわしい場所を選ぶ時間はたっぷりあるはずです。緩衝装置を先に垂直に降りていき、ロケットの使用は最後の瞬間まで控えますから、適度に水平な地面が数平方ヤードあれば足ります。悲観論者のなかには、降りてみたら、そこは乾いた流砂の上だったということになりかねない、とほのめかす者もおりますが、これはおよそありそうにないことです。

われわれはロープで体をつなぎ合わせ、ふたりひと組で船を離れるいっぽう、一名が船内に残って、通信を地球へ中継します。宇宙服には十二時間分の空気がありますし、月で遭遇する温度の全域にわたって――つまり、沸点から華氏マイナス二百度までに対して―

―断熱してくれるでしょう。われわれが月にいるのは昼間ですから、影のなかに長時間とどまらないかぎり、低温にぶつかることはないでしょう。

月面での一週間のうちにやるつもりでいる仕事を逐一お話しできそうにありませんので、重要なもののいくつかに触れるだけにします。

まず第一に、コンパクトながら非常に強力な望遠鏡を持っていきますから、かつてないほど鮮明な惑星の像を見られるでしょう。この装置は、ほかの備品の多くと同様に、将来の探検隊のため、あとに残してくることになります。

われわれは数千もの地質学的な――いや、〝月質学的な〟というべきですね――サンプルを分析のために持ち帰ります。水素をふくんだ鉱物を探しているわけですが、その理由は、ひとたび月面に燃料抽出プラントを建設できれば、飛行のコストは十分の一、あるいはそれ以下に削減されるからです。さらに重要なのは、ほかの惑星への旅を考慮しはじめられる点です。

われわれは、かなりの量の通信用機器も持っていきます。ご存じのとおり、月は中継局として絶大な可能性を秘めており、そのいくつかを調べてみたいと思っています。これに加えて、科学的にこのうえなく興味を惹かれる物理学的測定をさまざまに行います。このうちもっとも重要な測定のひとつは、ブラケットの理論を検証するために、月の磁場を確定することです。もちろん、すばらしい写真と映画も撮りたいと思っています。

サー・ロバートは、わたしが『ざっくばらんに論じる』だろうと約束されました。まあ、ご期待にそえるかどうかはわかりませんが、つぎの十年ほどのあいだにこういう発展をとげるだろう、とわたしが個人的に考えている予想図に興味を持ってもらえるかもしれません。

まず第一に、われわれは月面に半永久的な基地を建設しなければなりません。最初の選択で幸運を引き当てれば、われわれが初の着陸を果たす場所に基地を建設できるかもしれません。そうでなかったら、やり直しです。

そういう基地のために、きわめて広範な計画が立てられてきました。それはできるかぎり自給自足となり、ガラスの下で自前の食料を育てることになるでしょう。十四日間にわたり絶えず日光が降り注ぐ月は、園芸家の楽園となること請けあいです！

月の天然資源についてくわしいことがわかるにつれ、基地は拡張され、発展するでしょう。早い時期に採鉱を開始したいものです――しかし、月で使用する原料の供給にとどまるでしょう。きわめて稀少な物質でもなければ、高くつきすぎて、地球へ輸出はできません。

いまのところ、月への旅は途方もなく費用がかかり、困難ですが、これは帰りの燃料を運んでいくしかないからです。月面で燃料補給ができるようになれば、はるかに小型で、はるかに経済的な宇宙船を使えるようになるでしょう。そして、先ほど申しあげたように、ほかの惑星へ行けるようになるのです。

矛盾して聞こえますが、地球と月とをへだてる二十五万マイルを横断するよりは、月基地から火星まで四千万マイルを旅するほうが簡単なのです。もちろん、はるかに長くかかります——およそ二百五十日です——しかし、燃料はすくなくてすむのです。

月は、その低い重力場のおかげで、惑星へいたる踏み石——つまり、太陽系探査のための基地となるのです。万事が順調にいけば、いまから十年ほどあとには、火星や金星に到達するための計画が練られているはずです。

金星について憶測をめぐらすつもりはありません。なにかいえるとすれば、着陸を試みる前にレーダー探査を行うのはまず確実だということくらいです。その大気がたいへん風変わりなものでないかぎり、隠れている地表の正確なレーダー地図を手に入れられるはずです。

火星の探検は、いくつかの点で月の探検とそっくりになるでしょう。歩きまわるのに宇宙服はいらないかもしれませんが、酸素呼吸器が必要なのはまちがいありません。火星の基地は、月の基地と同じ問題に対処することになりますが、深刻さの度合いはずっと小さいでしょう。しかし、火星にはひとつ不利な点があります——故郷から遠く離れているので、自前の資源に頼る割合がずっと多くなるのです。なんらかの生命が存在するのはほぼ確実ですから、予想のつかない形で入植にも影響があるでしょう。火星に知的生命が存在するとしたら——わたしは疑わしいと思いますが——そのとき、われわれの計画は根本的に変更を迫られるかもしれません。火星にはまったく滞在できなくなるかもしれないのです。火星に関するかぎり、可能性はほぼ無限です。だからこそ、火星はこれほど興味深い場所なのです。

火星を越えると、太陽系のスケールが広がり、もっと速い船ができるまで、たいした探検はできません。われわれの〈プロメテウス〉でも外惑星に到達できますが、帰ってはこられませんし、その旅は何年もかかるでしょう。とはいえ、今世紀の末までに、木星へ、そしてひょっとすると土星へ行く準備ができているかもしれません。この探検隊は、まずまちがいなく火星から出発するでしょう。

もちろん、このふたつの惑星に着陸する望みはありません。かりに固い表面があったとしても——それも疑わしいのですが——おいそれとは進入できない何千マイルもの大気の底にあるのです。その極地に近い地獄の内部になんらかの生命がいるとしても、どうすれば接触できるのか——あるいは、どうすればその生命にわれわれのことを知ってもらえるのか、見当もつきません。

土星と木星に関する主な興味は、その衛星系にあります。土星はすくなくとも十二個、木星はすくなくとも十五個の衛星を持っています。しかも、その多くはかなりの大きさの天体です——われわれの月よりも大きいのです。土星の最大の衛星タイタンは、地球の半分の大きさがあり、大気の存在が知られています。もっとも、呼吸はできませんが。たしかにいずれも極寒の世界ですが、原子反応から無尽蔵の熱を得られるいま、それは重大な障害ではありません。

最外縁の三つの惑星は、将来もかなりの長期にわたって、われわれの関心の対象とはならないでしょう――ひょっとしたら、五十年かそれ以上も。いずれにしろ、いま現在、それらについてはほとんどわかっておりません。

いま申しあげることは以上です。われわれは来週月への旅に出ますが、それが現在の水準では途方もないことに思えても、じつは第一歩にすぎないことを明確にできたのならいいのですが。その旅は刺激的ですし、興味深いものです。しかし、正しい視野のもとで見なければなりません。月は小さな世界であり、いくつかの点では、あまり有望な天体ではありません。しかし、最終的にはわれわれをほかの八つの惑星――そのなかには地球より大きなものもあります――そして、三十を超えるさまざまな大きさの衛星へ導いてくれるでしょう。つぎの数十年のうちにわれわれが探検に乗りだす地域を合わせれば、この惑星の地表面積のすくなくとも十倍にはなります。それだけの土地があれば、あらゆる人間に行きわたるはずです。

ご静聴ありがとうございました」

時間切れになった放送キャスターのように、ティンは美辞麗句を並べることもなく、唐突に話をやめた。聴衆がゆっくりと地上へもどって来るまで、兵舎のなかは三十秒ほど森閑と静まりかえった。やがて控え目な拍手がまばらにはじまり、ティンの聴衆がまだ固い地面に立っている自分に気づくにつれ、しだいに大きくなっていった。

記者たちは、足踏みして血行をとりもどそうとしながら、ぞろぞろと外へ出ていきはじめた。月がゴールではなく、はじまりにすぎないことを——果てしない道に踏みだした第一歩であることを——いったい何人がはじめて理解したのだろう、とダークは思った。それはすべての種族が最後にはたどらなければならない道だ——彼はいまやそう信じていた。そうしなければ、みずからの小さな孤立した世界で衰退し、滅びてしまうのである。

いまはじめて〈プロメテウス〉の全体像を見てとれた。ついに〈アルファ〉が〈ベータ〉の幅広い肩の上に据えつけられ、なんとなく不格好な、背中の曲がった外見をあたえていた。空飛ぶ機械はどれもこれもそっくりに見えるダークでさえ、いまやこの巨大な船を、かつて空を翔《か》けたほかのものと見まちがえる恐れはなかった。

宇宙船の内部を見おさめするために、彼はコリンズについて可動式発射整備塔《ガントリー》の梯子を登った。夕方であり、あたりに人けはほとんどなかった。立入禁止のロープの向こう側で、数人のカメラマンが、夕陽を背景にした宇宙船の写真を撮ろうとしていた。西空の薄れゆく夕映えを背にして黒々と浮かびあがる〈プロメテウス〉は、さぞかし印象的な眺めだろう。

〈アルファ〉のキャビンは、手術室のように明るく、きちんとしていた。それでも個人の色がついていた。どう見てもクルーの私物である品が、あちこちのくぼみにしまわれており、ゴムバンドでしっかりと固定してあったのだ。何枚かの絵や写真が手ごろな壁に貼ってあり、パイロットのデスクの上にはルデュックの妻（だろうとダークは察しをつけた）の肖像写真が、プラスチックの枠におさめられて置いてあった。チャートや数表が、すぐに参照できる要所に固定してあった。ダークは数日ぶりに、イギリスで訓練用の模擬装置を訪ねたことを不意に思いだした。閑静なロンドンの郊外で、彼はこれと同じ計器の列の前に立ったのだ。それは生まれる前の出来事、世界を半周以上したところであったことに思えた。

コリンズが背の高いロッカーまで歩いていき、ドアをさっと開いた。

「こいつはまだ見たことがないんでしょう？」

フックからぶらさがった三着のたるんだ宇宙服は、暗黒のなかから白日のもとへ引きあげられた深海の生き物のように見えた。分厚い、しなやかな被覆は、ダークがさわるとたやすくへこみ、補強用の金属環の存在が感じとれた。大きな金魚鉢のような透明ヘルメットは、ロッカーのわきのくぼみに固定されていた。

「潜水服そっくりでしょう？」とコリンズ。「じつをいうと、〈アルファ〉はほかのなによりも潜水艦に似ているんです——もっとも、あれほどの圧力と闘わずにすむので、設計上の問題は、こっちのほうがはるかに簡単ですが」

「パイロットの席にすわってみたいな」とダークが唐突にいった。「かまわないかな？」

「ええ、どこにも触れなければ」

コリンズはかすかな笑みを浮かべ、その席に腰を降ろすダークの姿を見まもった。彼はその衝動を知っていた。彼自身もいちどならずその衝動に屈していたからだ。

船がロケットを噴射して飛んでいるときや、月面で垂直に立っているときには、この座席は現在の位置から直角に前方へふりだされることになる。いまダークの足もとにある床は、そのとき正面の壁となり、いまはブーツがよけなければならないペリスコープの接眼レンズは、のぞきやすい位置に来るだろう。この回転のために——人間の精神にはあまりにもなじみがないので——船のパイロットがこの座席を占めているとき、どういう感覚にさらされるものか、なかなか実感できないのだ。

ダークは立ちあがり、出口へ向かった。無言でコリンズのあとについてエアロックまで行ったが、分厚い楕円形のドアの前ではたと立ち止まり、見おさめに静かなキャビンに視線をめぐらせた。

（さようなら、小さな船よ）と彼は心のなかでいった。（さようなら《グッドバイ》——そしてご無事《グッドラッ》で《ク》！）

ガントリーの上に出たとき、あたりは暗くなっており、投光照明が足もとのコンクリートの上にまばゆい光の円を生みだしていた。冷たい風が吹いており、この先も名前を知らずに終わりそうな星々で夜空は煌々と輝いていた。かたわらの薄闇のなかに立っていたコリンズが、いきなりダークの腕をつかんで、無言で地平線を指さした。

かすかな残照にいまにもまぎれそうな月齢二の鎌の形が、西へ沈みかけていた。その腕に抱かれてぼんやりと光っている円盤は、依然として昼間の到来を待っていた。ダークは、太陽が昇るのをいまだに待っているが、ほぼ満ちた地球の冷たい光を浴びて早くも燦然と輝いている巨大な山脈や、しわだらけの平原を思い描こうとした。

数億回、数十億回、地球はその静寂の地の上で満ち欠けをくり返してきた。その表面を動いたのは影だけだった。地球生命の誕生からこのかた、ひょっとしたら十あまりのクレーターが崩れて、ぼろぼろになったのかもしれない。だが、月はそれ以外の変化を知らずにきた。そしていま、これだけの歳月をへたあと、その孤立はついに終わりを迎えようとしていた。

9

離昇の二日前、ルナ・シティはおそらく地球上でもっとも平穏無事な場所のひとつだったろう。最後の燃料注入と、打ち上げ直前のテストをのぞけば、すべての準備が完了していた。月が所定の位置に移動するまで、待つ以外にすることはなかった。

世界じゅうの大新聞のオフィスでは、編集部員たちが見出しの準備をしたり、どうしても曲げられない事実以外はすぐに手直しできる差し替え記事を書いたりするのに大忙しだった。バスや列車のなかでは見ず知らずの他人が、わずかに水を向けられただけで、天文学の知識を交換しがちだった。よっぽど派手な殺人でもないかぎり、ふだんなら浴びる注目を集めそうになかった。

あらゆる大陸で、宇宙への旅に出る〈アルファ〉を追跡するために、長距離レーダーが調整されていた。宇宙船に積まれた小型のレーダー・ビーコンのおかげで、飛行のあらゆる瞬間において、その位置を確認できるはずだった。

プリンストン大学の地下五十フィートでは、世界最大の電子計算機のひとつが待機していた。なんらかの理由で船が軌道を変更するか、帰還を遅らすしかなくなった場合、地球と月の刻々と変化する重力場を考慮して、新しい軌道を算出しなければならない。数学者が束になっても、この計算には数カ月がかかるだろう。プリンストンの計算機なら、印刷ずみの回答を、数時間で出すことができるのだ。

世界じゅうのアマチュア無線家のうち、宇宙船の周波数に合わせられる者は、ひとり残らず自分の機器に最後の点検をしていた。船の発する超高周波の、パルス変調された信号を受信し、かつ解読できる者は多くないだろうが、いないわけではないだろう。エーテルの番犬である通信委員会は、回線に割りこもうとする無許可の送信機をとり締まろうと、てぐすねひいて待っていた。

それぞれの山頂で、天文学者たちは私的な競争の準備をしていた――だれが着陸のいちばんみごとで鮮明な写真を撮れるかというコンテストだ。月に到達したとき、〈アルファ〉はあまりにも小さくて見えない――だが、月面の岩石にほとばしる噴射の炎は、すくなくとも百万マイル離れていても見えるはずなのだ。

いっぽう世界の舞台の中心を占める三人の男は、気が向けばインタヴューに応えたり、兵舎で何時間も眠ったり、ルナ・シティの提供するただひとつのスポーツである卓球に汗を流したりしてくつろいでいた。無気味なユーモア・センスの持ち主であるルデュックは、ガラクタや侮辱的な品を遺言で遺した、と友人たちに吹聴して面白がっていた。リチャーズは、重要なことなどなにひとつ起きなかったかのようにふるまい、三週間分の複雑な社交上の約束をするといいはった。ティンはめったに姿を見せなかった。あとで明らかになったのだが、宇宙航行学とは無関係の数学論文を書くので忙しかったのだ。じつをいうと、その論文はブリッジのゲームの可能な総数と、そのすべてをプレイするのにかかる時間の長さに関するものだった。

じつは知る者もほとんどいなかったが、几帳面なティンがその気になれば、五十二枚のカードから、この先天文学で稼げそうな額よりも、はるかに大きな額を稼げるのだ。月から無事に帰って来れば、もう無理にそんなことをしなくてもいいのだろうが……。

サー・ロバート・ダーウェントは肘掛け椅子にもたれ、すっかりくつろいでいた。部屋は闇につつまれており、例外は読書灯から射す光の円だけ。土壇場での遅れにそなえて見ておいた二、三日の余裕が、けっきょく必要なかったのを残念に思うほどだった。離昇までまだ夜が来て、昼が来て、もういちど夜が来るのだ――そして待つ以外にすることはない。

長官は待つのが好きではなかった。考える時間ができるし、考えることは満足の敵なのだ。ひっそりとした夜の時間、人生最高の瞬間が近づいているいま、彼は若いころを探して過去を再訪していた。

苦節四十年、成功と挫折の日々はまだ未来にあった。彼は少年に帰っており、大学生活をまさにはじめるところで、人生の六年を奪った第二次世界大戦は、まだ地平線上に湧き出た暗雲にすぎなかった。二度ともどらなかったあの春のある朝、彼はシュロップシャー州のある林のなかで横になっており、そのとき読んでいた本は、いまも手にしている本だった。見返しの遊びに褪せたインクで、奇妙なほどたどたどしい筆跡で言葉が記されていた——「ロバート・A・ダーウェント。一九三五年六月二十二日」

本は同じだった——しかし、かつて自分の心に火をつけた歌う言葉の音楽は、いまどこにあるのだろう？　自分は知恵がつきすぎて、年をとりすぎている。頭韻や反復の技巧にはもう欺かれないし、思想の空虚な点は明々白々だ。それでも、ときおり過去からかすかな谺《こだま》が聞こえてきて、四十年前と同じように、つかのま頬に血の気がさす。ときには、たったひとつの詩句でじゅうぶんだ——

「おお、恋人のリュートが死の地にひびき渡る！」

ときには二行連句——

「夜の喇叭《らっぱ》の雷鳴を

神が地と海にとどろかすまで」

長官は虚空に目をこらした。彼自身が、これまで世界が耳にしたことのない、そういう雷鳴をとどろかせようとしている。あの咆哮するエンジンが空を翔けぬけるとき、インド洋では船乗りたちが、それぞれの船から天を仰ぐだろう。西方のアフリカへ向かうとき、いまやか細くなったその音を、セイロンの茶栽培人たちが耳にするだろう。その音が宇宙の外縁からもれてくるとき、アラビアの油田が最後の反響をとらえるだろう。

サー・ロバートはぼんやりとページをめくり、天翔ける言葉が心をとらえるたびに手を止めた。

「命の砂の上で、時の海峡のなかで
　救えるものは多くない、
　何人《なんびと》も泳ぎきれず、登れもしない、
　第三の大波を目にして泳ぐ者はない」

自分はなにを〈時〉から救ったのだろう？　たいていの人間よりもはるかに多くを——それはわかっている。それでも、人生に目的を見つけるまで、四十年近くがたっていた。

数学への愛はつねに変わらなかったが、それは長いあいだ目的のない情熱だった。いままでさえ、自分がこうなったのは偶然のなせる業に思える。

「そのむかしフランスにひとりの歌い手が住んでいた
　潮の満ち引きのない悲しげな内海のほとりに。
　砂と廃墟と黄金の地で
　ひとりの女が輝いていた。彼女ただひとりが」

魔法は解けて、色褪せた。彼の心は戦時中、研究室で静かな闘いに従事していたときにまでさかのぼった。陸と海と空で人が死んでいるあいだ、自分はからみ合う磁場を通る電子の軌跡を追跡していた。これほど浮き世離れしたものはありえなかっただろう。とはいえ、自分が一翼を担ったその仕事から、その戦争で最大の戦術兵器が生まれたのだ。レーダーから天体力学へ、電子の軌道から太陽をめぐる惑星の経路へはひとまたぎだった。マグネトロンの微小世界で培《つちか》った技法は、宇宙的なスケールでも通用した。ひょっとすると、自分はついていたのかもしれない。わずか十年の研究の末に、三体問題へのとり組みが認められて評価を確立したからだ。十年後、だれもが——自分自身をふくめて——すこしばかり驚いたことに、自分は王立天文台長となった。

「戦乱の鼓動と驚異の情熱、
　天はささやき、音は輝き、
　星は歌い、愛はとどろき、
　音楽は葡萄酒のごとく心で燃える……」

その地位を守りぬき、余生を左うちわで過ごしてもよかった。しかし、宇宙飛行という時代精神《ツァイトガイスト》が、自分には強すぎたのだ。宇宙空間を越えるときは目前に迫っている、と自分の心は告げた。だが、どれほど迫っているかは、最初のうち認識していなかった。ようやくそれが薄々わかってきたとき、自分はついに人生の目的を知り、長い労苦の歳月は収穫を刈りとったのだった。

「ああ、わたしはこの人生を選び、人生があたえ、
　歳月が手放すものすべてをあきらめたのではなかったか、
　葡萄酒と蜂蜜、香油とパン種、
　高くそびえる夢と
　引きずり降ろされた希望を？」

彼は黄ばんだページをいちどに十数枚めくった。やがて探していた狭い活字の列が目にとまった。すくなくとも、ここには魔法の名残がある。ここではなにも変わっておらず、言葉はいまだにむかしのままの執拗なリズムで頭脳にたたきつける。この詩句が堂々めぐりをはじめ、言葉そのものが意味を失うまで、いつまでも頭のなかをまわったときもあったのだ——

「そのとき星も太陽もめざめず、
　光が移ろうこともない。
水音も起こらず、
音もせず、見るものもない。
冬の枯れ葉も春の青葉もなく、
昼も日々の営みもなく、
あるのは永遠の夜につつまれた
　永遠の眠りのみ」

永遠の夜は来るだろう。人間の好みからすれば早すぎる時期に。だが、すくなくとも人間は衰えて死ぬ前に星々を知るだろう。夢のように消える前に、大宇宙は人間の心に秘密を明かすだろう。あるいは、人間の心にでなければ、そのあとにやってきて、いま人間がはじめたことを仕上げる精神に打ち明けるだろう。

サー・ロバートは薄い本を閉じて、書棚にもどした。過去への旅は未来で終わりを告げた。そろそろ現在にもどるころ合いだ。

ベッドのかたわらで、電話がけたたましい音をたて、切迫したようすで注意を惹こうと鳴りはじめた。

10

ジェファースン・ウィルクスについて多くを知る者はいない。たんに知るべきことがないに等しいからだ。彼はピッツバーグのある工場で、三十年近く平《ひら》の経理係を務めてきて、そのあいだにいちどだけ昇進した。仕事は苦労を惜しまず徹底的にやったが、それには上司も閉口する始末だった。同じ時代を生きる数百万の人々と同じように、みずからが身を置く文明を実質的には理解していなかった。二十五年前に結婚したが、妻が数ヵ月で彼のもとを去ったとわかっても、驚く者はいなかった。

友人たちでさえ——もっとも、ひとりでも友人がいた証拠はない——ジェファースン・ウィルクスが深遠な思索家だとはいわないだろう。それでも、彼なりに、きわめて真剣に考えている問題がひとつあった。

なにがきっかけで、ジェファースン・ウィルクスの哀れな小さな精神が遠い星々に向かったのかは、わからずじまいに終わるだろう。その動機が、日常生活の冴えない現実から逃避したいという欲望であったということは、まずまちがいない。理由がなんであれ、彼は宇宙の征服を予言した者たちの著作を研究した。そして、いかなる犠牲を払っても、それを阻止しなければならないと決心した。

推測できるかぎりでは、宇宙へ出ようとする試みは、人類になにか途方もない形而上学的な破滅をもたらす――ジェファースン・ウィルクスはそう信じていたようだ。彼が月を地獄、あるいは、すくなくとも煉獄だと考えていた証拠さえある。そうした地獄のような領域へ人類が早まって到着すれば、予想のできない――控え目にいっても――不運な結果をもたらすのは目に見えている、というわけだ。

自分の考えに支持をとりつけるため、ジェファースン・ウィルクスはこれまで何千もの先人がやってきたのと同じことをした。「ロケットを飛ばすなかれ！」と絶叫調の名前をつけた団体を結成して、他人を自分の信念に改宗させようとしたのだ。どれほどイカレていようと、どんな教義も何人かは信奉者を獲得するものだから、ウィルクスは最終的に、アメリカ西部で異国情緒を売り物に繁栄していた無名の宗教セクトのなかに数十人の支持者を得た。とはいえ、その顕微鏡的な運動は、あっというまに四分五裂をくり返した。しまいには創設者の神経はズタズタになり、資金は底をついた。もしどうしても線引きをしたいというなら、このときウィルクスは正気を失ったといってもいい。

〈プロメテウス〉が建造されると、その出発を阻めるのは自分ひとりだけだ、とウィルクスは判断した。離昇の二、三週間前、彼はなけなしの財産を現金化し、預金を銀行から引きだした。オーストラリアへ行くには、あと百五十五ドルが必要だとわかった。ジェファースン・ウィルクスの失踪に上司は驚き、心痛をこうむったが、彼の帳簿をあわてて調べたあとは、追跡する手間はかけなかった。社員のひとりが三十年も忠勤にはげんだあと、数千ドルをおさめた金庫から百五十五ドルを盗んだとしても、警察に届け出る者はいないものだ。

ウィルクスは難なくルナ・シティにたどり着き、そこに着いても、彼に関心を払う者はいなかった。インタープラネタリーのスタッフは、おそらく基地の周辺にたむろする数百人の記者のひとりだと考えたし、いっぽうその記者たちは、彼をスタッフの一員だと考えたのだろう。いずれにせよ、ウィルクスはこれっぽちも注意を惹くことなしにバッキンガム宮殿へまっすぐはいっていけるような人間だった——しかも、歩哨たちは、宮殿にはいった者などいないと断言するだろう。

発射台に横たわる〈プロメテウス〉を目にしたとき、ジェファースン・ウィルクスの心の狭い門口をどんな思いが通りぬけたのか、永久にわからないだろう。ひょっとしたらその瞬間まで、彼はみずからに課した仕事の大きさを理解していなかったのかもしれない。爆弾があれば大きな損傷をあたえられただろう——だが、あらゆる大都会の例にもれず、ピッツバーグで爆弾が手にはいるとしても、それを入手する方法は常識ではない——とりわけ、真っ当な経理係にとっては。

なんの目的で張りめぐらされているのか、いまひとつ呑みこめないロープの柵から、ウィルクスは物資が積みこまれ、エンジニアたちが最終テストを実施するのを見まもった。夜になると、巨大な船は投光照明の下で警備員もいない状態となり、その投光照明さえ、午前零時をまわるころにはスイッチが切られることに彼は気づいた。

船を地球から飛び立たせるが、二度ともどってこないようにするほうが、はるかに良策ではないだろうか、と彼は思った。損傷を負った船は修理できる。原因不明で消えた船は、はるかに効果的な抑止力になるだろう――警告として注意を惹くかもしれない。

ジェファースン・ウィルクスの頭は、科学についてはは無知だったが、宇宙船が自前の空気を積んでいなければならないことは知っていたし、その空気がボンベに詰められていることも知っていた。それをからにすれば、空気の消失は手遅れになるまで発見されないのだから、これほど簡単な方法があるだろうか？　クルーを傷つけたくはないし、彼らがそのような最期をとげるのは心から残念でならない。だが、選択の余地はないのだ。

ジェファースン・ウィルクスの妙案に潜む欠点を数えあげたら切りがないだろう。〈プロメテウス〉の空気はボンベの形で積みこまれてさえいなかったし、ウィルクスがなんとか液体酸素のタンクをからにしたとしたら、不愉快にも極寒の冷気の不意打ちを食らっただろう。いずれにせよ、通常の計器点検が、離昇前に起きたことを正確にクルーに教えたはずだし、酸素のたくわえがなくても、空調プラントは何時間も空気を呼吸できる状態に保っておけるのだ。それだけの時間を稼げれば、まさにそういう事故にさいしてすばやく算出できる緊急帰還軌道のひとつに乗ることができる。

最後に、およそ簡単ではないが、ウィルクスは船内にはいらなければならない。それができることを彼は疑わなかった。ガントリーは毎晩その場に放置されるし、細心の注意を払って観察したので、暗闇のなかでさえ登れるようになっていたからだ。群衆が船首のまわりに押し寄せているとき、そのなかにまぎれて、あの風変わりな内開きのドアには錠が影も形もないことを見ておいた。

打ち上げ場の端にあるからっぽの格納庫のなかで待っていると、やがて細い月が沈んだ。冷えこみが厳しかったが、ペンシルヴェニアでは夏だったので、寒さに対するそなえはできていなかった。しかし、使命を負ったウィルクスの意志は固かった。とうとう煌々と輝く投光照明が消えると、彼は星空の下に広がる黒い翼のほうへ、がらんとした広大なコンクリート・エプロンを横切りはじめた。

ロープの柵に遮られたので、その下をくぐった。数分後、彼の手が目の前の暗闇のなかに金属の骨組みを探り当て、ウィルクスはガントリーの基部をぐるっとまわりこんだ。金属階段の根元で足を止め、夜の物音に耳をすます。世界はひっそりと静まりかえっていた。地平線上に、ルナ・シティでまだ灯っているまばゆい明かりの輝きが見えた。数百ヤード離れたところに、建物や格納庫のぼんやりしたシルエットがかろうじて見分けられたが、それらは暗く、人けがなかった。彼は階段を登りはじめた。

　地上から二十フィートのところにある最初の踊り場でまた足を止めて、耳をすますと、またしても安心できた。懐中電灯や、必要になるかもしれないと思った道具がポケットのなかでずしりと重かった。彼は自分の先見の明と、計画を実行する手際のよさがすこしだけ誇らしかった。

　これが最後の一段だ。ウィルクスは上部の踊り場にあがった。片手で懐中電灯を握る。つぎの瞬間、なめらかで冷たい宇宙船の外壁が指にさわった。

〈プロメテウス〉の建造には数百万ポンドと、さらに数百万ドルが投じられていた。政府や大企業からこれほどの大金を獲得した科学者たちは、まったくの愚か者というわけではなかった。たいていの人間にとって――ただし、ジェファースン・ウィルクスにとってはちがうが――あらゆる労苦の成果が夜中に無防備で放置されるなどということは、およそありえないと思えるだろう。

　何年も前に計画スタッフは、宗教的狂信者による破壊工作の可能性を見越しており、インタープラネタリーが秘匿するファイルのひとつには、こうした人々が非合理にも書いてよこした脅迫状がおさまっていた。したがって、ありったけの合理的な予防措置が講じられていた――しかも、その措置を講じた専門家のなかには、みずから枢軸側、あるいは連合国側の施設の破壊工作に戦争中の歳月を費やした者もいたのである。

今夜、マカダム舗装の端にあるコンクリートの掩蔽壕《えんぺい》で夜警を務めていたのは、アハメット・シンという名前の法学生で、休暇のあいだに自分にうってつけの方法で小遣いを稼いでいるところだった。一日に八時間だけ持ち場につけばよく、この仕事なら勉強時間がたっぷりとれたのだ。ジェファースン・ウィルクスが最初にロープの柵まで来たとき、アハメット・シンはぐっすり眠っていた――なんとも驚いたことに、眠ることも仕事のうちなのである。しかし、五秒後には、ぱっちりと目をさましていた。

シンはアラームの解除ボタンを押し、三カ国語と四つの宗教でとめどなく悪態をつきながら、制御盤まですばやく移動した。彼の当直のさいにこれが起きたのは二度目だった。この前はスタッフのひとりが飼っている犬が迷いこんで、警報を発令させたのだ。おそらくまた同じことが起きたのだろう。

彼は映像変換機のスイッチを入れ、真空管が温まる数秒間をいらいらしながら待った。それから投光機の制御装置を握り、船を調べはじめた。

アハメット・シンにとっては、紫色のサーチライトが、発射台に向かってコンクリートの上を照らしているようだった。サーチライトの光線のなかで、その存在にまったく気づいていないひとりの男が、〈プロメテウス〉のほうへ手探りでおそるおそる進んでいた。あたり一面が光を浴びているのに、男が盲人のように手探りで進んでいるものだから、その動きを笑わずにはいられなかった。アハメット・シンが赤外線投光機の光線で着実に追いかけていると、やがて男はガントリーに行き当たった。そのとき第二のアラームが鳴りだし、ふたたびシンはスイッチを切った。この真夜中の徘徊者の動機がわかるまでようすを見よう、と彼は決めた。

ジェファースン・ウィルクスが最初の踊り場の上で満足げに立ち止まったとき、アハメット・シンはどんな法廷でも決定的な証拠となる、すばらしい写真を手に入れた。ウィルクスがエアロック本体にたどり着くまで待ち、それから行動に移ることにした。

強烈な光芒がウィルクスを宇宙船の外壁に釘づけにし、手探りで進んできた暗闇と同じくらい効果的に彼の目を見えなくさせた。ショックで呆然とするあまり、一瞬、ウィルクスは身動きできなかった。と、つぎの瞬間、夜の闇のなかから、すさまじい声が彼を怒鳴りつけた。

「そこでなにをしている？　ただちに降りてこい！」

われ知らず、ウィルクスは階段をつまずきながら降りはじめた。下の踊り場にたどり着いたとき、ようやく心の麻痺が解け、彼は逃げ道を探して必死にあたりを見まわした。手をかざして目をかばっているいまは、ほんのわずかだが視界がきいた。〈プロメテウス〉を囲む命とりになる投光照明の輪は、さしわたしが百ヤードしかなく、その彼方には暗闇と、ひょっとしたら安全な場所が横たわっていた。

光の円の向こう側から、ふたたび声が呼びかけてきた。

「ぐずぐずするな！　こっちへ来い――われわれはおまえを包囲したぞ！」

〝われわれ〟というのはシンのまったくの創作だった。もっとも、寝ぼけ眼で不機嫌そうな巡査部長ふたりという形で、援軍が駆けつけているのはたしかだったが。

ジェファースン・ウィルクスはのろのろした降下を終え、反動でブルブル震えながらコンクリートの上に立ち、ガントリーに寄りかかって体をささえた。三十秒ほどは、ほとんど身動きせずにいた。それから、アハメット・シンが予想したように、いきなり走りだして船をまわりこみ、姿を消した。砂漠のほうへ逃げていくだろうから、簡単にとらえることができるはずだ。しかし、怖がらせてもどって来るようにできれば、時間の節約になる。夜警はべつのラウドスピーカーのスイッチを入れた。

安全な場所が見つかると思っていた前方の暗闇から、先ほどと同じ声がまたとどろいたとき、ジェファースン・ウィルクスの怯えた小さな魂は、とうとう絶望においった。理屈に合わない恐怖に襲われて、彼は野生動物のように走って船にもどり、その影に隠れようとした。とはいえ、彼に世界を半周させた衝動は、この期におよんでもウィルクスをやみくもに駆りたてていた。もっとも、本人は自分の動機や行動をろくに自覚していなかったが。彼はつねに影から出ないようにしながら、船の基部にそって進みはじめた。

ほんの数フィート頭上にある大きな中空の換気用導管《シャフト》が、船内にはいりこむ第二の道になってくれそうだった――あるいは、すくなくとも、逃げられるようになるまでの隠れ処に。ふだんだったら、そのつるつるした金属壁をよじ登れなかっただろうが、恐怖と決意のおかげで力が湧いてきた。百ヤード離れたところでTVスクリーンをのぞいていたアハメット・シンが、不意に真っ青になった。彼はマイクに向かって早口で、切迫した口調で話しかけはじめた。

ジェファースン・ウィルクスには聞こえなかった。夜の闇から聞こえてくる大声が、もはや有無をいわせぬ調子ではなく、懇願調であることにもろくに気づかなかった。いまやその声は彼にとって意味がなかった。意識にあるのは、前方の暗いトンネルだけ。懐中電灯を片手に握り、彼はトンネルを這い進みはじめた。

壁は灰色の岩のような物質でできており、さわると硬いのに、妙に生暖かかった。ウィルクスは、まるで完璧な円形の壁に囲まれた洞穴へはいっていくような気がした。数ヤード進むと、幅が広がり、体をかがめれば、どうにか立って歩けるようになった。いま彼のまわりには金属棒とあの奇妙な灰色の岩――あらゆるセラミックのなかでもっとも耐久力があるもの――の意味不明なモザイクがあり、その上を這っているのだった。

それ以上は進めなかった。洞穴が突如として狭すぎてはいれない通路に枝分かれし、その先もつぎつぎと分岐していたからだ。懐中電灯でそちらを照らすと、壁がジェットとノズルで穴だらけになっているのが見えた。ここなら損傷をあたえられたかもしれないが、いまとなってはあとの祭りだった。

ジェファースン・ウィルクスは硬くて、へこまない床にへたりこんだ。力のぬけた指から懐中電灯が落ち、暗闇がふたたび彼をつつみこんだ。疲労困憊のあまり、失望も後悔もおぼえなかった。周囲の壁でかすかに光っている、明滅しない輝きには気づかなかったし、気づいても理解できなかっただろう。

長い時間がたったころ、外が騒がしくなって、ウィルクスの心を逃げこんでいたどこかから引きもどした。彼は上体を起こし、ここがどこなのかも、どうしてここへ来たのかもわからないまま、周囲を見まわした。はるか彼方にかすかな光の円が見えた。この謎めいた洞穴の入口である。その開口部の向こう側で、人の声や行ったり来たりする機械の音がしていた。彼らが敵意をいだいているのがわかった。したがって、見つからないよう、ここにとどまらなければならないのだ。

そういうわけにはいかなかった。まばゆい光が、昇る朝陽のように洞穴の入口を通り過ぎたかと思うと、もどってきて彼をまともに照らした。それはトンネルを進んできた。そのうしろに、彼の頭では理解できない大きな異形のものがあった。

その金属の鉤爪が光のなかに完全に出てきて、自分をつかもうと伸びてきたとき、ウィルクスは恐怖のあまり絶叫した。それから、未知の敵が待っている開けたところへと、なすすべもなく引きずりだされていた。

あたり一面に光と騒音があふれていた。生きているように思える巨大な機械が、その金属のアームで彼をかかえ、見憶えがあるはずなのに思いだせない、翼を生やした、とてつもなく大きなものから遠ざかろうとしていた。やがて彼は、待ち受ける男たちに丸く囲まれた地面に降ろされた。

あの連中はどうして近づいてこないのだろう、どうしてあんなに遠く離れたままで、あんなに奇妙な目つきでこちらを見るのだろう、とウィルクスは不思議に思った。まるで彼の体を探るかのように、ピカピカ光る器具のついた長い棒が周囲でふられても、彼は抵抗しなかった。もうなにもかもどうでもよかった。なんとなく気分が悪く、ひたすら眠りたいだけだった。

急に吐き気がこみあげてきて、彼は地面にくずおれた。遠巻きにして立っていた男たちが、衝動的に彼のほうへ一歩近づこうとして――すぐに引きさがった。

ねじくれた、かぎりなく哀れを誘う姿が、ギラギラ照りつける照明のもとで壊れた人形のようにころがっていた。音や動きはどこにもなかった。背景では、〈プロメテウス〉の巨大な翼が自分の影の上にうずくまっていた。やがてロボットが外装ケーブルをコンクリートの上で引きずりながら、すべるように前進した。金属のアームがひどくやさしく伸ばされ、その奇妙な手を開いた。

ジェファースン・ウィルクスは、旅路の果てにたどり着いたのである。

11

ダークとしては、クルーが自分よりましな夜を過ごしたことを願った。いまだに寝ぼけ眼で、頭が混乱していたが、ひと晩じゅう無謀な運転で走りまわる車の音に、いちどならず目をさまされたという、はっきりした印象があった。ひょっとしたら、どこかで火事があったのかもしれないが、警報は聞こえなかった。

髭を剃っていると、マカンドルーズが部屋にはいってきた。なにか伝えたくて、うずうずしているのは一目瞭然。広報部長は、まるで半分徹夜したように見えたが、実情もそれと変わらなかった。

「ニュースを聞きましたか？」と息を切らしてマカンドルーズ。

「なんのニュースです？」すこしわずらわしく思いながら、ダークはシェイヴァーのスイッチを切った。

「船を破壊しようとしたやつがいるんです」

「なんですって！」

「夜中の一時ごろです。探知機が〈アルファ〉に乗りこもうとしている男をとらえました。夜警が誰何《すいか》すると、そのまぬけ野郎は隠れようとしたんです――〈ベータ〉の排気口のなかにね！」

その言葉の意味が頭に浸みとおるまで、数秒がかかった。それからダークは、あの命とりになる窖《あなぐら》を望遠鏡ごしにのぞいたとき、コリンズに教えられたことを思いだした。

「その男はどうなりました？」と、かすれ声で訊く。

「ラウドスピーカーを通して呼びかけたんですが、聞く耳を持ちませんでした。それで整備ロボットを使って引きずりだすはめになったんです。まだ生きていましたが、線量が高すぎて近づけませんでした。数分後に死にましたよ。医者の話だと、おそらく自分の身になにが起きたのか、わかってなかったようです――あれだけの線量を浴びたら、わかるはずがありません」

すこし胸がむかむかして、ダークはベッドにへたりこんだ。

「損害は出たんですか？」とうとう彼はたずねた。

「そうは考えていません。男は船内にはいらなかったし、ジェット・エンジンには手の出しようがありませんでした。爆弾を仕掛けたのではないかと心配されましたが、さいわい爆弾はありませんでした」

「頭がどうかしてたにちがいない！　何者かわかりますか？」

「おそらく、ある種の宗教的狂信者でしょう。われわれは、大勢のそういう輩《やから》に狙われています。警察が、ポケットの中身から身元を割りだそうとしていますよ」

重苦しい間があってから、ダークはまた口を開いた。

「〈プロメテウス〉には、あまり幸先がよくありませんね」

マカンドルーズはいくぶんそっけなく肩をすくめた。

「迷信深い人間など、このあたりにはいないでしょうね！ ときに、燃料注入を見にいきませんか？ 二時の予定です。車に乗せていってあげますよ」

ダークはあまり気が進まなかった。

「せっかくですが、やることが山ほどありまして。とにかく、たいして見るものはないんでしょう？ つまり、数百トンの燃料をポンプで注入するのを見ても、あまり興奮はしませんよね。興奮するかもしれませんが――その場合は居合わせたくありませんね！」

マカンドルーズはすこし機嫌を損ねたようだったが、ダークとしては仕方がなかった。いまのところ、〈プロメテウス〉にまた近づきたい気はまったく起きなかったのだ。もちろん、理屈に合わない感情だ。敵から身を守ったのだとしたら、その巨大な船を責めるいわれはないのだから。

その日は一日じゅう、オーストラリアの大都会から絶え間ない流れとなって到着するヘリコプターの爆音が聞こえていた。いっぽう、ときおり大陸横断ジェット機が、かん高い音をたてて空港へ降りてきた。こうした早めに来た人たちは、いったいどこで夜を過ごすつもりなのか、ダークには想像もつかなかった。セントラル・ヒーティングのある兵舎のなかも暖かいにはほど遠く、不運にもテントに寝泊まりするようになった記者たちは、悲惨きわまる苦労話をしていたが、その多くは真実に非常に近かったのである。

午後遅く、彼はラウンジでコリンズとマクストンに会い、燃料注入がとどこおりなく行われたと聞いた。コリンズにいわせれば――「あとは物議を醸して、隠居すればいいだけです」ということになる。

「ところで」とマクストンがいった。「おとついの晩、きみは望遠鏡で月を見たことがないといわなかったかな。われわれはもうじき天文台へ行く。いっしょに来ないかね？」

「ぜひとも――でも、あなたも月を見たことがないなんて、いわないでくださいよ！」

マクストンはにやりとした。

「そういったら、レイに『下手くそな芝居』といわれるだろうね。たまたまわたしは月の地理に精通しているが、インタープラネタリーに、望遠鏡を使ったことのある人間が半分以上いるかどうか怪しいと思うね。長官がその最たる例だ。天文学の研究に十年を費やしてから、はじめて天文台に近づいたそうだ」

「耳をはばかる話なんですが」と、ひどく真剣な声でコリンズがいった。「天文学者は二種類に分けられるとわかりました。一種類目は完全な夜行性で、おそらくもはや存在しない遠い彼方の天体の写真を撮って仕事の時間を過ごします。太陽系には興味がなくて、これを非常に風変わりで、許しがたいような偶然の産物だとみなしています。昼間は、大きな石の下の暖かくて乾いた場所で眠っているのかもしれません。

二種類目の種族に属する者は、もっとふつうの時間に仕事をして、計算機や女性計算士でいっぱいのオフィスに住んでいます。これは仕事の大きな妨げになります。にもかかわらず、同僚たちが写真に撮った――おそらく存在しない――天体に関する大量の計算をなんとかやってのけます。同僚との意思疎通は、夜警のもとに残されたメモを介して行います。

ふたつの種族にはひとつの共通点があります。よほど精神が錯乱しているときでもなければ、じっさいに望遠鏡をのぞくことはありません。それでも、彼らはじつに美しい写真を撮ります」

「どうやら」とマクストン教授が笑い声をあげた。「その夜行性種族が、いまにも出てきそうだ。そろそろ行こう」

ルナ・シティの〝天文台〟は、もっぱら技術スタッフの娯楽のために建てられたもので、本職よりもアマチュアの天文学者のほうがはるかに数が多かった。それは一群の木造小屋から成っており、口径三インチから十二インチにいたる、ありとあらゆるサイズの望遠鏡十数台がおさまるように徹底的な改装がなされていた。いま二十インチの反射望遠鏡が建造中だったが、完成は数週間先になるはずだった。

来訪者たちは早くも天文台を発見していたらしく、それを存分に活用していた。数十人が期待に胸をはずませて、さまざまな建物の前に列を作っており、いっぽう望遠鏡を横どりされた所有者たちは、即席の講義つきで二分間のぞかせてやっていた。月齢四の月を見に出てきたとき、こんなとり決めはしておらず、自分で月を見るという望みはもうすっかりあきらめてしまっていた。

「ひとり頭一ポンドの料金をとれないのは残念だな」と行列を見ながら、コリンズが考え深げにいった。

「とっているかもしれんよ」とマクストン教授は答えた。「とにかく、金欠病の原子力工学者のために募金箱を置いてもよさそうだ」

十二インチ反射望遠鏡――私物ではなく、じっさいにインタープラネタリーの備品である唯一の望遠鏡――のドームは閉じており、建物は鍵がかかっていた。マクストン教授はマスター・キイの束をとりだし、ドアが開くまでひとつひとつ試した。いちばん近くの列に並んでいた者たちが、たちまち列を乱して、こちらへ殺到してきはじめた。

「あいにくだが」とドアをたたき閉めながら教授が叫んだ。「故障中でね！」

「つまり、これから故障するってことですよね」と暗い声でコリンズ。「こういうしろものの使い方を知ってますか？」

「なんとかなるだろう」とマクストンは答えたが、その声には一抹の不安がにじんでいた。

ダークはふたりの科学者を非常に高く買っていたが、その評価が急落しはじめた。

「まさか、なにも知らずに、これほど複雑で高価な装置を使うリスクを冒すというんじゃないでしょうね。だって、自動車の運転の仕方を知らないで、動かそうとするようなものじゃないですか！」

「お言葉ですがね」とコリンズが抗議した。もっとも、目にはいたずらっぽい光がかすかに宿っていたが。「こんなのが複雑だっていうんですか？　くらべたいなら自転車とくらべなさい――でも、自動車とくらべちゃいけません！」

「いいだろう」とダークはいい返した。「前もって練習せずに、自転車に乗ってみるんだな！」

コリンズは笑い声をあげただけで、操作装置を調べつづけた。しばらくのあいだ、彼と教授は技術用語のやりとりをしていたが、ダークはもはや感銘を受けなかった。望遠鏡についてろくに知らない点では、ふたりも自分も五十歩百歩だとわかったからだ。

何度か試したあと、いまは南西にかなり低くかかっている月に向けて望遠鏡がぐるっとまわされた。長いあいだ――とダークには思えたのだが――彼がうしろで辛抱強く待つあいだ、ふたりの工学者は夢中になって望遠鏡をのぞいていた。とうとうダークがしびれを切らした。

「誘ったのはそっちですよ」と抗議する。「それとも、お忘れですか？」

「申しわけない」とコリンズが謝り、見るからに渋々と場所をゆずった。「さあ、見てください――焦点はこのつまみで合わせます」

はじめのうちは、あちこちに暗い斑点の散らばる、目もくらむような白いものしか見えなかった。ゆっくりとつまみをまわして焦点を合わせると、いきなり映像がすばらしいエッチングのようにくっきりと鮮明になった。

三日月の半分以上が見えたが、角の両端は視野からはみ出していた。月のへりは完璧な円弧を描いており、でこぼこはまったくない。しかし、夜と昼を分ける線はギザギザで、山脈や高地のせいでところどころが途切れており、その影は下の平原に長く伸びていた。見えるだろうと思っていた大きなクレーターはほとんどなく、その大部分は、円盤のまだ陽に照らされていない部分にあるにちがいない、と彼は察しをつけた。

山に囲まれた広大な楕円形の平原に注意を集中させる。それは干上がった海底を否応なく連想させた。月のいわゆる海のひとつだろう。だが、眼前に広がるそのおだやかな、じっと動かない風景のどこにも水がないことは一目瞭然だった。あらゆる細部が鋭く、あでやかだ。ただし、陽炎のようなさざ波が、一瞬、映像全体を揺らすときがある。月は地平線にかかった靄《もや》のなかに沈みかけており、その映像は、地球の大気圏を千マイルも斜めにぬけてくるあいだに乱されているのだった。

円盤の暗い領域のすぐ内側にある一点で、一群のまばゆい光が、月の夜のなかで赤々と燃える標識のように輝いていた。ダークは一瞬とまどったが、曙光がふもとの低地に射しこむ前に、陽光をとらえた高峰の山頂を見ているのだ、とすぐにさとった。

人がその奇妙な世界の表面を去来する影を観察して人生を送る理由が、ようやくわかった。その世界はこれほど近く思えるのに、自分の世代になるまで、けっして手の届かないものの象徴だった。人の一生のうちに、その驚異はつきることがない。無限に近い細部の豊かさを見分けることに目が習熟すればするほど、つねに目新しいものが現れるのだ。

なにかが視界をふさいでいたので、ダークは腹立たしげに顔をあげた。月がドームの底辺より下に沈んでいた。望遠鏡をこれ以上は下げることができない。だれかがふたたび照明のスイッチを入れ、にやにや笑っているコリンズとマクストンが目に飛びこんできた。

「心おきなく見られたらいいんだがね」と教授がいった。「われわれは十分ずつ見た——きみは二十五分もそうやっていたから、月が沈んでくれたときは、心の底からほっとしたよ！」

12

「明日、われわれは〈プロメテウス〉を打ち上げる。〝われわれ〟というのは、もはや一歩引いて、公平な傍観者の役割を果たすことはできないとわかったからだ。そんなことは地球上のだれにもできない。つぎの数時間に起こることは、時の終わりまで、これから生まれる人間すべての人生を定めるだろう。

かつてだれかが人類を、まだ造船術を身につけていない島人の種族になぞらえたことがある。大海原の向こうにほかの島々が見え、歴史がはじまって以来、われわれはそれを不思議に思い、憶測をめぐらせてきた。百万年がたったいま、最初の原始的なカヌーを作りあげた。明日、われわれはそれが珊瑚礁をすりぬけて船出し、水平線の彼方に消えるところを見まもるだろう。

今夜、生まれてはじめて月のきらめく山々と広大な黒っぽい平原を目にした。ルデュックと仲間たちが一週間以内に歩くことになる地域はまだ見えず、われわれの暦であと三日はやって来ない日の出を待っていた。とはいえ、月の夜は想像を絶するほどきらびやかにちがいない。地球が半月の状態で空に浮かぶことになるのだから。

ルデュック、リチャーズ、テインは地球での最後の夜をどう過ごしているのだろう？　もちろん、身辺整理はすんでいるから、やるべきことは残っていないだろう。くつろいで、音楽を聴いたり、本を読んだりしているのだろうか――それとも、ただ眠っているのだろうか？」

ジェイムズ・リチャーズは、こうしたことをなにもしていなかった。友人たちとラウンジに腰を据えて、非常に遅いペースで注意深く酒を飲みながら、自分が正常かどうか、もし正常なら、どういう手が打てるかを判断しようとした、頭のおかしい心理学者たちに受けさせられたテストの話を面白おかしくして、友人たちを楽しませていた。彼がこきおろしている当の心理学者たちが、聴衆のうち最大の――そして、もっとも喜んでいる――部分を形作っていた。彼らはリチャーズに真夜中まで話をさせ、それからベッドに押しこんだ。六人がかりになった。

ピエール・ルデュックは、〈アルファ〉で実施されている燃料蒸発テストを見学しながら、船のそばで夕べを過ごした。彼が立ち会う意味はほとんどなかったが、ときおりやんわりとほのめかす者はいるものの、彼を立ち去らせることはだれにもできなかった。午前零時の直前に長官がやってきて、やさしく雷を落とし、すこし眠れと厳しく命じてから、自分の車で送っていった。ルデュックは、ベッドで『人間喜劇』を読んでつぎの二時間を過ごした。

ルイス・ティンだけが——几帳面で、感情に溺れないティンだけが——予想されたようなやり方で地球での最後の夜を過ごした。デスクの前に何時間もすわり、下書きを書いたり、それを一枚一枚破ったりしていたのだ。夜も遅くなって書き終えた。彼はさんざん考えぬいたその手紙を丁寧な手書き文字でしたためた。それから封をして、型どおりのささやかなメモをつけた——

マクストン教授殿

わたしが帰らなかったら、この手紙が配達されるようご配慮をたまわれば幸甚です。

敬具

L・ティン

手紙とメモを、マクストン宛ての大きな封筒に入れる。それから代替の飛行軌道に関するかさばるファイルをとりあげ、その余白に鉛筆で書きこみをはじめた。

ティンはふだんの自分にもどったのだ。

13

サー・ロバートが待ちわびていたメッセージは、夜明けからまもないころ、高速郵便機によって届けられた。その飛行機は、その日あとで、打ち上げのフィルムをヨーロッパへ持ち帰ることになっていた。それは短い公式の訓令で、一対の頭文字の署名があるだけだったが、その署名は、用箋の上部に並んでいる「ダウニング街十番地」という文字の助けを借りなくても、全世界の人々がそれとわかるものだった。とはいえ、それは完全に公式文書というわけではなかった。頭文字の下に同じ筆跡でこう書かれていたからだ——「幸運を祈る！」

数分後にマクストン教授がやって来ると、サー・ロバートはひとこともいわずに、その紙を渡した。アメリカ人はそれをゆっくりと読み、安堵のため息をもらした。

「よし、ボブ」とマクストンはいった。「これでわれわれの分担は完了だ。あとは政治家しだい——だが、連中の背中は押しつづけるとしよう」

「心配したほどむずかしくはなかった。ヒロシマ以来、政治家もわれわれに注意を払うことをおぼえてきたわけだ」

「で、この案はいつ国連総会にかけられるんだ？」

「およそひと月後、英国とアメリカの両政府が公式にこう提案したときだ――『非人類型の生命などに占有、または領有されていないすべての惑星、または天体は、万人が自由に立ち入りを許される国際地域とみなされ、いかなる主権国家も、当該の天体に関して排他的な占有、または開発を主張することは許されない……』云々」

「で、懸案の惑星間委員会はどうなった？」

「その議論はあとまわしだ。目下のところ大事なのは、第一段階で合意をとりつけることだ。われわれの政府が、いまや公式にこの案を採択したのだから――午後までにはラジオで放送されるだろう――われわれもロビー活動を猛然と開始できる。この手のことはきみがいちばん得意だ――最初の宣言の線にそった短いスピーチを書いてもらえないか――ルデュックが月から放送できるようなやつを。天文学的な視点と、ナショナリズムを宇宙へ持ちこもうとすること自体の愚かさを強調してくれ。きみなら離昇の前に書けるんじゃないか。書けなくてもかまわん。ただし、台本を無線で送らなければならないとすると、早まって外部にもれるかもしれん」

「わかった――政治の専門家に草稿をチェックしてもらってから、いつもどおり、きみが形容詞を挿入できるようにしておく。だが、今回は美辞麗句はいらないと思う。月から届く最初のメッセージだから、それ自体がじゅうぶんすぎるほど心理学的なパンチになるはずだよ！」

オーストラリアの砂漠のどこをとっても、これほどの人口密度になったことは、かつて知られていなかった。アデレードとパースからの特別列車が夜通し到着しており、無数の車と自家用飛行機が打ち上げ軌道の左右に駐まっていた。幅一キロの安全地帯をジープが絶えずパトロールしており、好奇心の強すぎる訪問者を追い払っていた。五キロの標識を越えることは何人《なんぴと》にも許されなかった。そしてこの地点で、上空を旋回する航空機の飛行範囲も唐突に終わっていた。

〈プロメテウス〉は低い陽射しを浴びて燦然と輝き、奇怪な影を砂漠の遠くまで投げていた。いままでそれは金属のかたまりにすぎなかったが、ついに生命を吹きこまれて、創造者たちの夢を成就するときを待っていた。ダークと同僚たちが到着したとき、クルーはすでに搭乗していた。ニュース映画とTVカメラのためにささやかな式典がとり行われたが、公式なスピーチはなかった。必要なら、三週間後にやればいいのだ。

軌道にそって並ぶラウドスピーカーから、静かで落ちついた話しぶりの声が聞こえてきた——「計器チェック完了。発射用発電機、半速で運転中。打ち上げまで一時間」

その言葉は、距離のせいでくぐもりながら、さらに遠くのスピーカーから潮が引くように砂漠を渡ってきた。

「打ち上げまで一時間――一時間――一時間――一時間――一時間」やがてその声は、北西の彼方へ消えていった。

「そろそろ位置についたほうがいいだろう」とマクストン教授がいった。「この人ごみを車でかき分けていくのは、すこし時間がかかりそうだ。〈アルファ〉をよく見ておきたまえ――これが最後の機会になる」

アナウンサーがまたしゃべっていたが、今回その言葉は彼らに聞かせるためのものではなかった。自分が耳にしているのは、世界規模で出されている一連の指示の一部なのだ、とダークはさとった。

「全気象観測ステーションは発射にそなえよ。スマトラ、インド、イラン――これより十五分以内に観測値を知らせよ」

何マイルも離れた砂漠のなかで、なにかが鋭い音をたてて飛び立ち、定規で引いたといってもよさそうな真っ白い蒸気の筋を残していった。ダークが見ているうちに、その長い乳白色の柱が、成層圏の風に吹き散らされて、ねじれたり、よじれたりしはじめた。

「気象ロケットです」と、暗黙の問いにコリンズが答えた。「飛行経路にそってあれを鎖みたいに並べてあるんです。そうすれば、はるばる大気圏のてっぺんまで気圧と温度がわかりますから。行く手に異常なものがあれば、〈ベータ〉のパイロットは、離昇の直前に警告を受けるでしょう。ルデュックにその心配はありません。宇宙空間に天気はありませんからね！」

アジアの各地で、五十キログラムの計器を積んだほっそりしたロケットが、宇宙空間めざして成層圏を上昇していた。それらの燃料は飛行をはじめて数秒のうちに使い果たされたが、そのスピードが大きかったので、地球から百キロメートル上空まで飛んでいけた。上昇しながら——陽射しを浴びているものもあれば、まだ暗闇のなかにいるものもあったが——それらは電波インパルスの流れを絶えず地上へ送りかえし、それは受信されて、解読され、オーストラリアへ伝達された。じきにそれらのロケットは地球へ落ちてくるだろう。パラシュートが開き、その大部分は見つけだされて、再使用されるだろう。それほど運がよくなかったものは、海に落ちるか、ひょっとすると、ボルネオのジャングルのなかで部族の神として最後の日を迎えるかもしれない。

混雑した、道ともいえない道を車で三マイル走るのに二十分近くかかり、マクストン教授は自分で立入を禁止した無人地帯のなかへ、いちどならず迂回するはめになった。車と見物客のこみ具合は、五キロの標識に行き当たったときが最大で——赤く塗られた支柱の柵のところで唐突に終わっていた。

そこに古い荷箱で小さな壇がしつらえてあり、この即席の観覧席は、すでにサー・ロバート・ダーウェントと、その部下数名に占められていた。ハッセルとクリントンもいることに気づいて、ダークは興味をそそられた。ふたりの胸中を、いったいどんな思いがよぎっているのだろう。

ときおり長官がマイクに向かって話しかける。あたりには携帯式送信機が一台か二台あるだけだった。ずらりと並ぶ装置を目にするだろう、となんとなく思っていたダークは、ちょっとがっかりした。だが、考えてみれば、すべての技術的作業はよそで行われており、ここは観測地点にすぎないのだ。

「打ち上げまで二十五分」とラウドスピーカーがいった。「発射用発電機は、これより全速で稼働。メイン・ネットワークに連なる全レーダー追跡ステーションおよび観測所は待機せよ」

その低い壇からは、打ち上げ軌道のほぼ全容が見渡せた。右手に何重もの人垣があり、その向こうに空港の低い建物がある。〈プロメテウス〉は地平線上にくっきりと勇姿を見せており、ときおり陽光がその横腹に当たって、鏡のようにきらめかせる。

「打ち上げまで十五分」

ルデュックと同僚たちは、あの風変わりな座席に横たわり、最初の加速の大波で座席がかたむくのを待っているだろう。とはいえ、地球のはるか上空で船体が切り離されるときまで、一時間近くのあいだ彼らにやることがないと思うと妙な気がする。当初の責任はすべて〈ベータ〉のパイロットの双肩にかかっているのだ。彼は事態の進行において自分の役割を果たしても、たいした名声は得られない——もっとも、いずれにせよ、これまで十数回もしてきたことをくり返しているにすぎないのだが。

「打ち上げまで十分。すべての航空機は安全指示を確認せよ」

時間が刻々と過ぎていく。ひとつの時代が終わり、新しい時代が生まれようとしている。と、ラウドスピーカーからのそっけない声で、ダークは不意に三十三年前のあの朝を連想した。そのときはべつの科学者のグループが、べつの砂漠に立ち、太陽の力の源泉であるエネルギーを解放する準備をしながら待っていたのだ。

「打ち上げまで五分。電気負荷の大きい設備はすべて電源を落とせ。日常生活用の回路はただちに切断せよ」

群衆はひっそりと静まりかえっていた。すべての目は、地平線に浮かぶあの輝く翼に釘づけだ。すぐ近くのどこかで、静寂に怯えた子供が泣きはじめた。

「打ち上げまで一分。警告ロケット発射」

左手に茫漠と広がる砂漠で、「シューッ！」とけたたましい音がして、深紅の火炎がギザギザの線を引きながら、ゆっくりと空から舞いおりてきはじめた。刻一刻とにじり出ていた何機かのヘリコプターが、あわてて後退した。

「自動離昇制御装置、ただいま始動。標準時への同期——開始！」

回路が切り替わる「カチリ」という音がして、長距離送信につきもののかすかなバチバチという音がスピーカーから飛びだしてきた。つぎの瞬間、砂漠にある音が鳴りひびいた。ひどくなじみ深いけれど、これほど予想外のものはありえない音が。世界の反対側のウェストミンスターで、ビッグ・ベンが時を打つ準備をしているのだ。

ダークはマクストン教授をちらっと見た。すると、教授も完全に虚をつかれたのがわかった。しかし、長官の口もとにはかすかな笑みが浮かんでおり、半世紀にわたり世界じゅうのイギリス人が、二度と目にできないかもしれない土地からのその音を、ラジオのかたわらで待っていたことをダークは思いだした。近い未来の、あるいは遠い未来のほかの流浪者たちが、見知らぬ惑星の上で、宇宙の深淵を越えて鳴りひびく同じ鐘の音に耳をすましている場面が、ふと脳裏に浮かんだ。

最後の十五分の時報が、ラウドスピーカーをつぎつぎと伝わりながら遠くへ谺して消えていくと、砂漠に轟音をあげる静寂が垂れこめたかと思われた。それから時を告げる最初の一打が、砂漠に、そして待っている世界じゅうにとどろき渡った。スピーカーの回路がぷつんと切られた。

それでも、なにも変わっていなかった。〈プロメテウス〉は、あいかわらず巨大な金属の蛾のように地平線上にうずくまっていた。そのとき、その翼と地平線との隙間が、先ほどよりほんのすこし狭くなっているのにダークは気づいた。そして一瞬後、船がこちらに向かって来るにつれ、ふくらんでいくのがはっきりとわかった。音ひとつない不気味な静寂のなか、〈プロメテウス〉はぐんぐんスピードをあげながら軌道を突進してきた。わずか一瞬で目の前まで来たように思え、その背中できらめいている流線型の〈アルファ〉を最後に目に焼きつけることができた。船が瞬時にして通過し、左手に茫漠と広がる砂漠へ突入するあいだ、その通過で切り裂かれた空気の「プシュッ！」という音が聞こえただけだった。それさえごくかすかで、電気カタパルトはまったく音をたてなかった。やがて〈プロメテウス〉は音もなく縮みながら遠ざかっていった。

数秒後、千の滝が高さ一マイルの断崖をなだれ落ちるような轟音が、その静寂を打ち砕いた。周囲の空は震え、揺れ動くようだ。〈プロメテウス〉そのものは、濛々と渦巻く砂塵の裏に隠れて視界から消えていた。その雲の中心で、なにかが耐えがたいほどのまぶしさで燃えていた。あいだを遮る靄がなかったら、一瞬たりとも目をあけていられないだろう。

砂塵の雲が薄れ、ジェット・エンジンの轟音は距離によってやわらげられた。そのときダークは、目を細めて追っていた太陽のかけらが、もはや地球の表面をたどっておらず、着実に力強く、地平線から浮きあがっているのに気づいた。〈プロメテウス〉は発射台から自由になり、宇宙空間へとつづく世界規模の回路に乗って上昇しているのだった。

強烈な白い閃光が茫漠とした空を背にみるみる縮んでいき、消えてしまった。しばらくのあいだ、去っていくジェット・エンジンの轟音が天空にとどろいていたが、やがてそれも旋回する航空機の爆音にかき消されてしまった。

背後の砂漠に活気がよみがえったとき、ダークには群衆の叫び声もろくに聞こえなかった。いまいちど彼の脳裏には、完全には忘れたことのない絵が浮かびあがっていた——果てしない、人が乗りだしたことのない海にぽつんと浮かぶ離れ小島のイメージが。

その海は果てしない。無限かもしれない——だが、もはや人が乗りだしたことがないわけではない。礁湖の彼方、珊瑚礁という頼もしい防壁を越えたところで、最初のか弱い船が、大海原の知られざる危険と驚異のただなかへ突き進んでいるのである。

エピローグ

前のシカゴ大学社会史教授のダーク・アレクスンは、デスクの上のかさばる荷物をかすかに震える指で開いた。しばらく手のこんだ包装と格闘していたが、やがてその本が眼前に置かれた。三日前、印刷業者のもとを離れたときのまま、染みひとつなく、ピカピカの姿で。

つかのま装幀に指を走らせながら、無言で見つめる。視線は、五冊の仲間が置いてある書棚へとさまよった。その大部分は、この最終巻が加わるときを何年も待ちつづけたのだった。

アレクスン教授は立ちあがり、新着書をかかえて書棚に歩み寄った。注意深い者が見ていたら、その足どりになにか非常におかしなところがあるのに気づいたかもしれない。奇妙にはずむような足どりで、六十歳近い男からは予想もつかないものなのだ。彼は五冊の仲間の隣にその本を置き、しばらく身じろぎひとつせずに立ちつくし、その小さな本の列を眺めていた。

装幀とレタリングはよく合っていた――その点はとりわけやかましくいったのだ――その六巻本は目に快かった。それらの本には彼の研究生活の大部分が注ぎこまれており、その仕事が終わったいま、彼は大いに満足していた。それでも、自分の仕事が終わったのだと思うと、心にぽっかり穴があいたようだった。

ダークは第六巻をふたたび手にとり、デスクまでもどった。かならず存在するとわかっていたが、誤植や不適切な表現をいますぐ探しはじめる気にはなれなかった。とにかく、それはすぐに指摘されるだろう。

本を開こうとすると、背が固くてなかなか開かず、章題にざっと目を通すと、「正誤表――第一巻~第五巻」に行き当たって、かすかにたじろいだ。それでも避けられるミスはほとんどしなかった――それよりなにより、彼は敵を作らなかった。この十年間、それはときとして簡単にはいかなかった。末尾の索引に名前が登場する数百人のなかには、彼の記述を快く思わない者もいたが、えこひいきが過ぎると非難した者はいなかった。長くこみ入った話のなかで、だれが彼の個人的な友人なのか、察しをつけられる者はいないだろう――彼はそう信じていた。

口絵までページをめくる――すると心は二十年以上も時をさかのぼった。そこでは〈プロメテウス〉が運命の瞬間を待っていた。左側の離れたところにいるあの群衆のなかに、自分自身が立っているのだ。生涯の仕事をまだ前途に控えた青年が。そして、当時は知らなかったものの、死刑宣告を受けた青年が。

アレクスン教授は書斎の窓へ歩み寄り、夜の奥へ目をこらした。その眺めは、まだいまのところ建物にあまり遮られていない。彼としては、このままでいてほしかった。そうすれば、都市の十五マイル向こう側にある山々にゆっくりと昇る朝陽をいつでも見られるのだから。

真夜中だったが、その雄大な斜面から絶えずこぼれ落ちる白い輝きのおかげで、その景色は昼間のように明るかった。山々の上では、彼にはいまだに異様に思えるまたたかない光で星々が輝いていた。そして、さらにその上には……。

アレクスン教授は首をのけぞらせ、目を細くして、自分は二度とその上を歩けない、目もくらむほど白い世界を見つめた。今夜はとてもきらびやかだ。北半球のほぼ全域が、まぶしい雲につつまれているからだ。隠れていないのはアフリカと地中海地方だけ。あの雲の下は冬だということが思いだされた。二十五万マイルの宇宙空間をへだてると、あれほど美しく、あれほどきらびやかに見える雲も、それにおおわれた陽の射さない土地に住む者にとっては、単調で陰鬱な灰色に見えるのだろう。

冬、夏、秋、春――その言葉はここでは意味がない。あのとり引きをしたとき、彼はそのすべてに別れを告げたのだ。それはつらいとり引きだったが、公正なものだった。波と雲、風と虹、青空と夏の夕べの長い黄昏と別れた。それと引き替えに、死刑執行を無期限に猶予されたのだった。

人類にとっての宇宙飛行の価値について、マクストンやコリンズやほかの者たちと際限なく議論したことが、歳月を超えて思いだされた。彼らの予言のなかには実現したものもあり、しなかったものもある——だが、彼に関するかぎり、自分たちの論点を決定的に証明したのだ。遠いむかし、宇宙空間を越えることがもたらす最大の利益は、これまで推測もされなかったものになるだろうといったとき、マシューズは真実を語っていたのである。

十年以上前、心臓の専門医たちが彼に余命三年を宣告したが、月基地でなされた医学上の大発見が、ちょうど彼の命を救うのに間に合った。人間の体重が三十ポンド以下になる六分の一の重力下なら、地球上では止まってしまう心臓も、まだ長年にわたり力強く鼓動をつづけられるのだ。人間の寿命が地球上より月面のほうが長いという可能性さえあり、その社会的な意味合いは空恐ろしいほどだった。

いちばん楽観的な者の予想よりはるかに早く、宇宙飛行は最大で、もっとも予想されなかった形の配当金を支払った。アペニン山脈の弧にいだかれたここ、地球の外に建設されるすべての都市の第一号において、五千人の亡命者たちが、生まれ故郷の命とりとなる重力から解放されて、有益で幸福な生活を送っている。そのうち彼らは、あとに残してきたものすべてを再建するだろう。いまでさえメイン・ストリートの杉並木は、来たるべき歳月に生まれる美観の勇ましいシンボルとなっている。アレクスン教授は、三マイル北に第二のはるかに大きなドームが建設されるとき、公園が造成されるところを生きて目にしたいものだと思っていた。

月のいたるところで、ふたたび生命がうごめいていた。それは十億年前にいちどつかのま花開き、滅んだのだった。こんどは失敗しないだろう。なぜなら、数百年のうちに最外縁の惑星まで押し寄せる洪水の一部なのだから。

アレクスン教授は、これまでしばしばそうしたように、何年も前にヴィクター・ハッセルにもらった火星の砂岩のかけらを指でなぞった。いつの日か、そう望めば、自分もその奇妙な小さな世界へ行けるかもしれない。その惑星が最接近したときなら、三週間で横断できる船がまもなく登場するだろう。自分は住む世界をいちど変えたのだ。手の届かない地球の眺めに心がふさがれるようになったら、もういちど同じことをしてもいいだろう。

雲のターバンの下では、地球が二十世紀に別れを告げようとしていた。真夜中が惑星をめぐるにつれ、その光り輝く都市では、群衆が古い年と古い世紀から永久に切り離される時を告げる最初のひと打ちを待っているだろう。

このような百年はかつてなかった。そして二度とありえないだろう。ひとつまたひとつとダムが決壊し、精神の最後のフロンティアが押し流された。その世紀が明けたとき、人間は空を征服する準備をしていた。それが幕を閉じるとき、外側の惑星へ跳躍する力を火星の上でたくわえているのだ。金星だけがまだ人間を寄せつけないでいる。というのも、陽に照らされた半球と夜側の暗黒とのあいだを永久に吹き荒れる、対流の烈風を突きぬけて降りられる船が、まだ建造されていないからだ。わずか五百マイル離れたところから、レーダー・スクリーンはその吹きすさぶ雲の下に大陸や海の輪郭を示してきた――そして火星ではなく、金星が太陽系の大いなる謎となったのだった。

幕を閉じつつある世紀に挨拶を送ったとき、アレクスン教授に悔いはなかった。未来は驚異と約束に満ちみちている。いまいちど誇り高い船が未知の土地へと船出し、来たるべき時代において古い文明を凌駕する、新しい文明の種子を運んでいるのだ。新世界へ殺到する波は、その世紀の半分近くを毒してきた息苦しい抑制を破壊するだろう。障壁は打ち破られており、人間はそのエネルギーを、自分たちのあいだで争う代わりに、外側の星々に向けることができるのだ。

第二暗黒時代の恐怖と惨禍から、ベルゼンとヒロシマの影から――おお、願わくは永久に――解き放たれて、世界はこの上なく輝かしい日の出に向かって進んでいる。五百年後にルネッサンスがふたたび到来した。月の長い夜の終わりにアペニン山脈の上で燃えあがる夜明けにもまして、いま生まれた時代は燦爛と輝くことだろう。

訳者あとがき――クラークと宇宙開発

アーサー・C・クラークといえば、二十世紀を代表するSF作家だが、当初は宇宙開発を専門とする科学啓蒙家として世に出た。

その証拠に最初の著書『惑星へ飛ぶ』（一九五〇）は、宇宙飛行に関するノンフィクションだったし、クラークに初の栄誉をもたらしたのは、二冊めのノンフィクション『宇宙の探検』（一九五一）だった。同書はイギリスのSFファンが選ぶ国際幻想文学賞のノンフィクション部門を制したばかりか、翌年に刊行されたアメリカ版が、ブック・オブ・ザ・マンス・クラブの最優秀図書に選ばれたのだ。

このほか、雑誌への寄稿、講演、TVやラジオへの出演、さらには宇宙開発をテーマとする国際会議の議長を務めるなど、八面六臂《はちめんろっぴ》の活躍だった。

とすれば、最初に単行本となった長篇小説が、宇宙開発の啓蒙色が強いものだったとしても不思議はない。その記念すべき第一長篇が、人類初の月着陸計画を克明に描いた本書

『宇宙への序曲』（一九五一）である（ただし、異説もある。この点については後述する）。

本書について作者自身は、一九七六年に出た新版への序文のなかで、つぎのように述べている――

「宇宙航行学の先駆者たちは、自分たちの考えを一般大衆に広めようとしてフィクションを用いた。ツィオルコフスキー、オーベルト、フォン・ブラウンは、三人とも一度か二度は宇宙小説に手を染めたのだ。そうすることで、未来を予言するだけではなく、未来を創造していたのである。

本書を構想していたとき、わたしの頭にも似たような宣伝的な考えがあったことは、白状しなければならない。それは一九四七年七月、わたしがロンドン大学キングズ・カレッジの学生だったころ、夏休みのあいだに書かれた。じっさいの執筆にかかった期間はきっかり二十日。以来、一度としてこの記録に迫れたことはない。こんな猛スピードで書けたのは、ひとえに一年以上にわたり創作メモをとっていたから。ペンをとる前から、頭のなかではすっかりできあがっていたのだ（ちなみに、『ペン』というのは言葉の綾ではない。オリジナルの原稿は、空軍時代の遺物である数冊の学習帳に手書きされたのだった）」

本書の意図が啓蒙にあることは明らかだが、それだけだったら、とっくのむかしに忘れ去られていただろう。だが、月着陸が実現し、十二名の宇宙飛行士が月面を歩いたあとも連綿と読み継がれているのだ。その理由はどこにあるのだろう？　端的にいってしまえば、人類の行く末を思索するクラークの哲学が背後にあるからだが、少々話が先走った。順を追って説明しよう。

クラークと宇宙開発とのかかわりは古く、その歴史に重きをなす民間団体、英国惑星間協会の古参メンバーとして、一九三四年から活動していた。クラークは一九一七年十二月十六日生まれなので、十七歳のときからということになる。もともと望遠鏡を自作するほどの天文ファンであり、宇宙への憧れは並大抵のものではなかった。もちろん、宇宙飛行など夢のまた夢。多くの科学者が、その実現は不可能だと断じていた時代である。

一九四一年、クラークは空軍に志願入隊し、第二次大戦中はレーダー技術の開発に従事した。軍務のかたわら、宇宙開発についての研究をつづけ、静止軌道上に配置された通信衛星システムのアイデアを得て、一九四五年に発表した。まずはイギリスの専門誌〈ワイアレス・ワールド〉二月号に掲載された論文「V２号による電離層研究」"V-2 for Ionospheric Research?" のなかでこのアイデアについて触れ、五月には「スペース・ステーション――その無線への応用について」と題された短い覚え書きを作成して、英国惑星間協会に提出し（現物はアメリカのスミソニアン航空宇宙博物館にある）、それを敷衍《ふえん》した論文「地球外の中継」を〈ワイアレス・ワールド〉十月号に発表したのだ。クラークはのちに、「特許をとっておけば大金持ちになれた」と悔しがってみせたが、これは彼一流のユーモア。じっさいには、通信衛星が実用化される前に特許権は消滅したはずだという。ちなみに、通信衛星システムについては、本書の第一部第三章に言及がある。当時としては斬新きわまりないアイデアだったのだ。

話は前後するが、一九四三年にクラークは、のちに《ナルニア国物語》の作者として有名になる神学者C・S・ルイスに手紙を書き、人類の宇宙進出に関して論争を挑んだ。ルイスが伝統的なキリスト教の立場から、それに異を唱えていたからだ。その意見は本書第三部の冒頭に簡潔に要約されているが、もうすこしくわしく見てみよう。

ルイスは《神学SF三部作》（あるいは《別世界物語》）を著して、進化の人為的促進を夢見る科学者や宇宙開発論者を批判したが、その第二作『金星への旅』（一九四三）につぎのような文章がある――

「ウェストン（最初の二作で悪役になる物理学者――引用者註）は〝科学〟の名に隠れたあやしげな事業によって、また惑星間旅行協会とかロケット・クラブなどという小団体によって、さらに好もしくないたぐいの雑誌によって、現在われわれの惑星に流布しているある考えにとりつかれていた。（中略）その考えとは、自らの発生の地である地球という惑星を腐敗の極に達せしめた人類は、今や万難を排してより広い領域への植民に指向すべきであり、神の隔離条例の定めている広大な惑星間の距離を何としてでも征服すべきだという主張であった。これはほんの序の口に過ぎず、そのさらに彼方には、いつわりの永遠という甘い毒が潜んでいる。まず惑星、ついで太陽系、銀河系という具合に徐々に征服を進めて行き、ついにはどこにもかしこにも、またいつまでも、現在われわれ人類の中にある生命が存続するようにするという、途方もない夢があった。（中略）かりに宇宙に人類以外の種が存続するとして、それらを絶滅もしくは隷従させることは、そうした人々には歓迎すべき帰結であった」（中村妙子訳／奇想天外社版より引用）

クラークにすれば、自分や仲間が名指しで批判されていると思われただろう。除隊後の一九四六年に英国惑星間協会の会長となったクラークは、ふたたびルイスに論争を挑み、往復書簡を交わしたあと、ついに対面へといたった。一九四八年にルイスの本拠地オックスフォードのパブで面会したのだ。このときルイスは、のちに《指輪物語》の作者として名を馳せる同僚J・R・R・トールキンを同席させ、クラークのほうは英国惑星間協会の重鎮ヴァル・クリーヴァーをともなっていた。両者の意見は平行線をたどったが、別れぎわにルイスは陽気な口調で、「きみたちは悪人だが、だれもが善人だったら、世の中は恐ろしく退屈だろう」と述べたという。

このように、クラークは筋金入りの宇宙開発論者だったわけだが、その根底には技術者というよりは夢想家、あるいは神秘主義者としての思想があった。つまり、人類が宇宙へ進出すれば、肉体的にも精神的にも変容をとげ、べつのものに進化するという思想だ。後年の代表作『幼年期の終り』（一九五三）や、『２００1年宇宙の旅』（一九六八）において正面きってあつかわれるテーマだが、クラークの全作品に通奏低音として流れている。ルイスのような宗教家に危険視されるのも当然といえる。

クラークがこのような思想をいだくようになったきっかけは、十三歳のときにイギリスの哲学者・作家オラフ・ステープルドンの著書『最後にして最初の人類』（一九三〇）を読んだことだった。同書は未来の歴史書とでも呼ぶべき特異なフィクションで、一九三〇年代の地球から筆を起こし、人類が栄枯盛衰をくり返しながら宇宙へ広がっていき、二十億年後の海王星で最期を迎えるまでをつづっている。環境の変化に合わせて、みずからの肉体を改造しつづけ、われわれとは似ても似つかない存在になっていく人類の行く末は衝撃的であり、ルイスがもっとも激しく糾弾したのが、このステープルドンの著作だった。

小説家としてのクラークは、初期においてステープルドンの著書に代表される英国科学ロマンスと、アメリカのパルプ雑誌に由来するサイエンス・フィクションを融合させることに意を注いでいた。簡単にいえば、前者は「遠い未来を舞台に人類の行く末を考察する思弁小説」、後者は「時空の広がりを背景にした波瀾万丈の冒険活劇」である。当時は別個に存在した文芸ジャンルだったが、クラークはその両者を同時に享受した最初の世代に属しており、両者の統合をめざしたのだ。

その最初の成果が、のちに『銀河帝国の崩壊』として知られる作品である。クラークによれば、その原型は一九三七年に執筆が開始され、一九四〇年には第一稿が完成していたという。クラークが短篇「抜け穴」で商業誌デビューを飾るのは一九四六年のことなので、それにはるかに先立つ時点だ。この原型は一九四五年から四六年にかけて完全に書きあためられ、さらに改稿を重ねたが、なかなか陽の目を見ず、けっきょく一九四八年になってアメリカのSF誌〈スタートリング・ストーリーズ〉十一月号に発表された。明くる一九四九年にはファン出版社ノーム・プレスがこの作品の刊行を決めたが、じっさいに出版されたのは一九五三年になってから。そのためクラークのSF単行本としては四冊めとなったが、クラーク自身は同書を第一長篇とみなしていた。

しかし、最初に刊行されたのは本書『宇宙への序曲』であり、書誌的には本書がクラークの第一長篇として認められている。

本書は二十以上の出版社に断られた末、一九五一年二月にアメリカのワールド・エディション社から上梓された。同社はSF誌〈ギャラクシー〉の版元であり、その関連として〈ギャラクシー・サイエンス・フィクション・ノヴェル〉という叢書を出しており、その第三弾となったのだった。ただし、体裁は〈ギャラクシー〉と同じダイジェスト・サイズの雑誌形式であり、ふつうの意味での単行本ではなかった。英国版は一九五三年にシジウィック&ジャクスン社からハードカヴァーで刊行された。この版は一部が改稿されており、以降はこのヴァージョンが版を重ねている。

余談だが、アメリカの出版社ランサー・ブックスがペーパーバック版を出したとき、クラークの意向に反して二度にわたって改題した。それぞれ『宇宙の覇者』*Master of Space*(1961)と『宇宙を夢見る者たち』*The Space Dreamers*(1969)である。

本書については、クラークの後継者と目されるイギリスのSF作家、スティーヴン・バクスターが、評論「錆びついた発射整備塔と芝生の飾りもの——宇宙時代とサイエンス・フィクション」(一九九六)のなかでつぎのように評している——

『宇宙への序曲』は、より良い未来をふりあおぐ典型的なクラーク流の眼差しとともに幕を閉じ、その結末は若きクラーク——筋金いりの英国人で、BIS(英国惑星間協会)の中心人物——の夢としていまなおわれわれの胸を打つし、さまざまな意味で、現実には存在せず、おそらく——一九五二年の時点での未来予測としてさえ——存在するはずのなかった未来への甘美なノスタルジアとなっている」

これにつけ加えるなら、本書においてクラークは、天文少年、現実的な技術者、人類の行く末を考察する夢想家としての三つの面を見せている。だからこそ、いつまでたっても魅力を失わないのだろう。

翻訳にあたっては、一カ所をのぞいて訳註をつけなかったので、この場を借りて補足しておく。

p14　マルク王、イゾルデ、マーリン、ティンタジェル城という固有名詞は、すべてアーサー王伝説に由来する。

p52　『ピクウィック・クラブ』（一八三六～三七）は、チャールズ・ディケンズの長篇小説。

p69　アイルランド訛り云々の記述は、ニューヨークの警官にアイルランド系が多いことに由来する。

p79　長官の座右の銘は、G・K・チェスタトンの詩"The Ballad of the White Horse"（1911）からの引用。

p134　アルバート記念碑は、ハイド・パークではなく、ケンジントン・ガーデンズにある。

p137～138　リリスの台詞は、ジョージ・バーナード・ショーの戯曲『思想の達し得る限り――原名　メトセラ時代に帰れ』（一九二一）からの引用。

p142　「フェイギン博士の不良少年学校」は、チャールズ・ディケンズの長篇小説『オリヴァー・トゥイスト』（一八三七～三九）のエピソードにちなむ。

p146　引用される詩の出典は、アルフレッド・テニスンの詩"The Lotos-eaters"。

p169　アボリジニがつけた地名は、ウーメラと思われる。

p217　チッペンデールは、英国の家具職人トーマス・チッペンデールのこと。シノワズリーとロココ様式を調和させた典雅で複雑なデザインで知られる。

p240〜244　長官が持っているのはアルジャーノン・チャールズ・スウィンバーンの詩集。引用される詩は順に“A Ballad of Death”、“Laus Veneris”、“The Triumph of Time”、“The Garden of Proserpine”である。

p268　『人間喜劇』は、オノレ・ド・バルザックの一連の作品にあたえられた総称。

p270　「ダウニング街十番地」は、イギリス首相官邸の住所。

なお、本書には先人の訳業が存在する。山高昭訳の『宇宙への序曲』（ハヤカワ・SF・シリーズ／一九七二→ハヤカワ文庫SF／一九九二）である。翻訳にあたっては、山高訳を大いに参考にさせてもらった。末筆になったが記して感謝する。

二〇一五年八月

本書は、一九九二年三月にハヤカワ文庫ＳＦより刊行された『宇宙への序曲』の新訳版です。

SFマガジン700【海外篇】

山岸 真・編

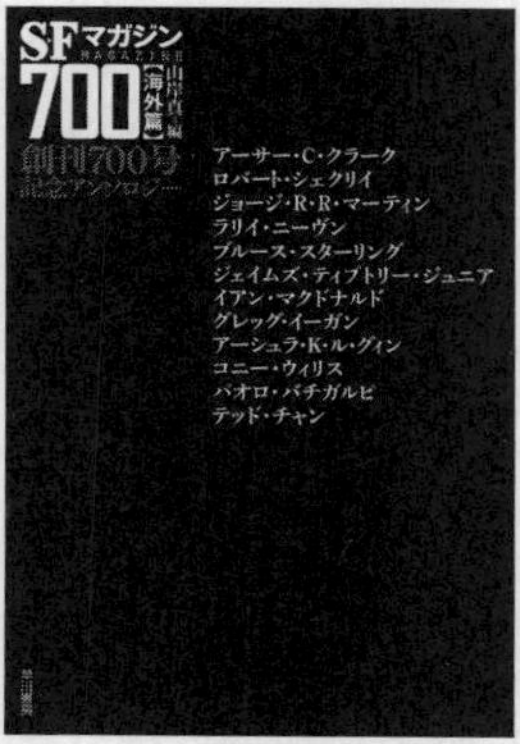

〈SFマガジン〉の創刊700号を記念する集大成的アンソロジー【海外篇】。黎明期の誌面を飾ったクラークら巨匠。ティプトリー、ル・グィン、マーティンら各年代を代表する作家たち。そして、現在SFの最先端であるイーガン、チャンまで作家12人の短篇を収録。オール短篇集初収録作品で贈る傑作選。

ハヤカワ文庫

SF傑作選

火星の人

アンディ・ウィアー／小野田和子訳

不毛の赤い惑星に一人残された宇宙飛行士のサバイバルを描く新時代の傑作ハードSF

ねじまき少女〔上下〕

〈ヒューゴー賞／ネビュラ賞／ローカス賞受賞〉

パオロ・バチガルピ／田中一江・金子 浩訳

エネルギー構造が激変した近未来のバンコクで、少女型アンドロイドが見た世界とは……

都市と都市

〈ヒューゴー賞／ローカス賞／英国SF協会賞受賞〉

チャイナ・ミエヴィル／日暮雅通訳

モザイク状に組み合わさったふたつの都市国家での殺人の裏には封印された歴史があった

あなたの人生の物語

〈ヒューゴー賞／ネビュラ賞／ローカス賞受賞〉

テッド・チャン／浅倉久志・他訳

言語学者が経験したファースト・コンタクトを描く感動の表題作など八篇を収録する傑作集

ゼンデギ

グレッグ・イーガン／山岸 真訳

余命わずかなマーティンは幼い息子を見守るため、脳スキャンし自らのAI化を試みる。

SFマガジン700【国内篇】

大森 望・編

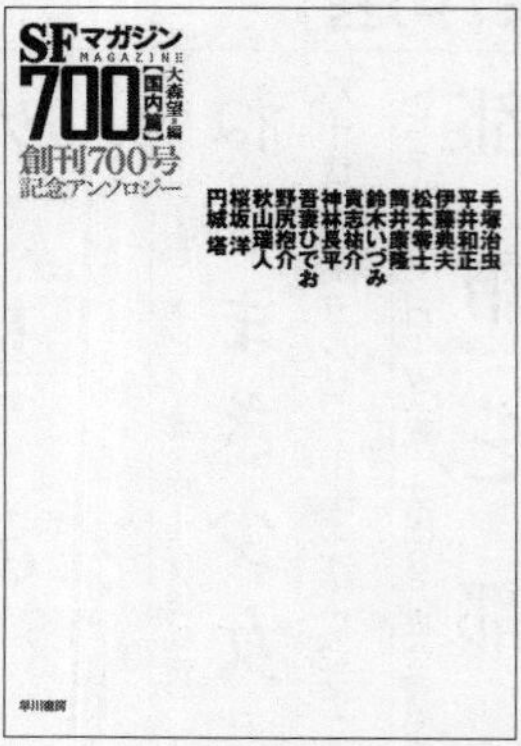

〈SFマガジン〉の創刊700号を記念したアンソロジー【国内篇】。平井和正、筒井康隆、鈴木いづみの傑作短篇、貴志祐介、神林長平、野尻抱介、秋山瑞人、桜坂洋、円城塔の書籍未収録短篇の小説計9篇のほか、手塚治虫、松本零士、吾妻ひでおのコミック3篇、伊藤典夫のエッセイ1篇を収録。

ハヤカワ文庫

訳者略歴　1960年生，1984年中央大学法学部卒，英米文学翻訳家　訳書『時の眼』『太陽の盾』クラーク＆バクスター，『マンモス』バクスター（以上早川書房刊）他多数

HM=Hayakawa Mystery
SF=Science Fiction
JA=Japanese Author
NV=Novel
NF=Nonfiction
FT=Fantasy

宇宙《うちゅう》への序曲《じょきょく》
〔新訳版〕

〈SF2029〉

二〇一五年九月二十日　印刷
二〇一五年九月二十五日　発行

（定価はカバーに表示してあります）

著　者　アーサー・C・クラーク
訳　者　中村《なかむら》融《とおる》
発行者　早川　浩
発行所　株式会社　早川書房
郵便番号　一〇一‐〇〇四六
東京都千代田区神田多町二ノ二
電話　〇三‐三二五二‐三一一一（大代表）
振替　〇〇一六〇‐三‐四七七九九
http://www.hayakawa-online.co.jp

乱丁・落丁本は小社制作部宛お送り下さい。
送料小社負担にてお取りかえいたします。

印刷・株式会社亨有堂印刷所　製本・株式会社川島製本所
Printed and bound in Japan
ISBN978-4-15-012029-0 C0197

本書は活字が大きく読みやすい〈トールサイズ〉です。